魔豆

春秋異聞

卷三
花人形

醉琉璃 著

春秋異聞 卷三

目錄

楔子

森林裡的葉子嫩綠得像是會滴出水來，在涼爽沁人的氣息之中還夾雜著一股淡淡的土腥味。如果不是地面透出一股濕潤，很難想像這個景色明媚的地方昨日才經過一場大雨。

寬度約莫可供兩、三人並肩行走的小路上，一對年輕男女正拖著行李箱往山下走。

一路上，男人絮絮叨叨的抱怨聲沒有停止過。

「還不都是妳，沒事訂這間破民宿做什麼？不能開車上來就算了，路還那麼難走。我明明說過想要住的是蔚藍海岸。」

「是我的錯，你不要生氣了好嗎？」

長鬈髮女子好聲好氣地安撫，她有著一張白皙漂亮的臉龐，唇角下的黑痣讓她帶了一點兒嫵媚的味道。

「本來就是妳的錯，誰教妳不早點訂房？妳是不知道連假期間海邊民宿很搶手嗎？」男人氣呼呼地說，沒注意到走在後方的長鬈髮女子微微皺了下眉頭。

但很快地，她隱去眼裡的情緒，放柔了聲音。

「下次如果有想要住的民宿，你可以提早半個月跟我說，畢竟前三天才讓我訂房，實在是有點兒趕。」

「我工作那麼忙，還能想起來就不錯了！」男人振振有辭，「訂房、排行程這些事，本來就該是妳這個當女朋友的負責處理，而且我一個月前就跟妳提過我想來黑岩村了。」

「你是說……你看到電視上介紹黑岩村的時候，說的那句『眞想去這裡度假』嗎？」長髮髮女子有些不確定地問，「但是，那不是隨口說說的而已嗎？」

「那又如何？」男子理直氣壯地回道，「我說的話妳本來就該放在心上。」

「眞是夠了，自以爲是也該有個限度吧。」長髮髮女子低聲呢喃，放得極輕的句子一下子就融進風聲裡。

「妳剛說了什麼？」男人狐疑地回頭問道。

「沒什麼。」長髮髮女子搖搖頭，對他露出一抹溫柔的微笑。

「眞是的，妳們女人就是這樣，心思都只放在自己喜歡的事情上，連出門旅遊該看個天氣預報也不知道。」男人並未因爲女友的好脾氣而停止抱怨，反而越來越得寸進尺。

他走得又快又急，粗魯地拉著行李箱輾過一個個土窪，一點兒也不體諒後方長髮髮女子的步伐較慢，與他已差了一段距離。

又走了幾步路後，行李箱前進的動作忽地變得滯礙起來。

男子一開始還以爲是被路上的小石子絆著，使勁拉了幾下，卻沒想到行李箱非但無法順利滑行，反而重心一偏，頹然地往前傾倒。

男人被突然下沉的重量一拉，反射性鬆開把手，眼睜睜看著行李箱倒在地面，發出沉悶的聲響，未乾透的褐泥濺上了光滑的硬殼。

「搞什麼鬼！」他惱怒地蹲下身察看起行李箱，這才發現箱底的滑輪少了兩個，極有可能是剛才那一絆絆出了問題。

「怎麼了？」長鬈髮女子小跑步趕過來一探究竟。

「還不都是妳！」男人就像把這句話當作口頭禪，暴躁地站起來，「三天兩夜的旅行而已，非要帶那麼多東西，現在行李箱的輪子壞了，妳滿意了吧。」

「還拖得動嗎？」長鬈髮女子試著拉起行李箱，然而因爲滑輪少了兩個，行李箱根本立不穩，很快又搖搖晃晃地倒下去。

「不是跟妳說輪子壞了嗎？」男人暴躁地嚷嚷，忍不住踹了行李箱好幾下，「爛天氣、爛民宿、爛行李箱，我還倒楣地有一個……」

似乎意識到自己再說下去就過火了，男人訕訕地閉上嘴巴。

長鬈髮女子像是什麼也沒聽到般，臉上依舊維持著微笑。

「既然行李箱的輪子壞了，我們要不要一起將它搬下去？」

「說是一起搬，但出力的還不是我。」男人沒好氣地用鞋尖踢了踢行李箱，「就不能從天而降一個行李箱嗎？」

「別說傻話了，親愛的。」長鬈髮女子彎了下紅唇，像是在笑他的異想天開。她的聲音溫柔又帶著輕鬆，如同要試著緩和兩人間的氣氛。

然而再仔細一看，就會發現那雙漂亮的眼睛裡，其實不見半點笑意。

「你不是想早點回家嗎？我們快把行李箱搬到停車場吧。」

「嘖。」男人用力咂著嘴，發出不耐煩的聲音，雙手插在口袋裡，轉著腦袋四處探看，顯得心不甘、情不願的。

長鬈髮女子臉上閃過一絲不悅，但很快又恢復成溫柔的模樣，耐心站在一旁等待。

「那是什麼？」男人視線忽然定格在某處，確認再三地又盯了幾次。

「什麼？」長鬈髮女子訝異地抬起頭。

「妳在這裡等我一下。」男人如同發現什麼好東西，眼睛一亮、擺擺手，丟下話就邁開大步往右斜前方走去。

長鬈髮女子被他的舉動弄得一頭霧水，看著男人在一處樹叢前停下來，彎身抓住什麼。她瞇了瞇眼，想要看得更仔細。

當那個東西從樹叢裡被拖出來後，長鬈髮女子也不禁詫異地發出「噢」的一聲。

那是一只約莫二十九吋的行李箱，殼面還沾著泥土、落葉，看起來髒兮兮的，但四個滑輪卻完好無缺。

「啊哈，眞的是天降行李箱！」男人得意洋洋地說，伸手拍掉已經乾涸的土塊，看著顯露出來的褐色仿木紋殼面，他抓住行李箱的提把往上拎了拎，「還是空的，眞是賺到了。」

長鬈髮女子簡直不敢相信居然能在這個地方撿到一只空的行李箱，理智告訴她，路邊的東西不要碰，但是看著男人興致勃勃地拖著行李箱回來，她又不想再與對方爭論什麼。

對方已經將這趟三天兩夜的旅行弄得像是一場惡夢了。

於是長鬈髮女子只是溫和地勸了一句：「先檢查一下這個撿到的行李箱有沒有破損，再將行李移過去吧。」

幸運的是，這只褐色仿木紋行李箱並未上鎖，只是被拉上拉鍊，男人興匆匆地將其攤開在地上。

「我就說吧，裡面是空的。」男人回頭炫耀般地說道，卻見長鬈髮女子倒抽一口氣，眼睛瞠得大大的，一臉不敢置信的表情。

「妳是見鬼了嗎？」男人自以為幽默地呵呵一笑，「還是被我的好運氣嚇到了？」

「不，我……」長鬈髮女子搖搖頭、眨了眨眼，行李箱裡頭的確是空蕩蕩的。她舔了舔乾燥的唇，穩定心神後向男人露出溫柔如昔的笑容，「沒什麼，只是眼花了。」

對，只是眼花了。她沒有看到折疊的軀體，也沒有看到那張無血色的小臉。

如果她不這樣說服自己，她會無法控制地一而再、再而三去回想那幅畫面。

塞得滿滿的行李箱，看起來是如此地……誘人。

第一章

唧唧的蟬聲、電風扇轉動時發出的嗡嗡聲，以及電視新聞傳出的播報聲，在慵懶的午後，這些聲音聽起來不但不會讓人覺得吵雜，反而製造出一股讓人昏昏欲睡的氛圍。

夏舒雁此時正毫無形象地呈大字形睡在地板上，磁磚透出的涼意對她來說猶如天然冷氣，讓她即使沉陷在黑甜鄉中，也忍不住舒服地咕噥幾聲。

隨著日頭偏移，落在地板上的陰影也跟著擴大，只見夏舒雁不自覺地跟著滾動身子。

如果被綠野高中的舍監看到的話，一定會用她陰森森的嗓音說：「雁子，妳是狗嗎？」

就在這時，高亢尖銳的電話鈴聲突地劃破一室寧靜，如同催命鈴般焦躁地響了又響。

「什麼？什麼！」夏舒雁猛地打了個激靈，睡意未褪的雙眼仍顯得矇矇矓矓的，但不自覺養成的習慣讓她立時一骨碌跳起來，三步併作兩步地衝向電腦桌，「我的稿子寄了嗎？」

直到她手忙腳亂地雙擊滑鼠、點開螢幕之後，才慢半拍地想起自己早就交稿了。

鈴鈴鈴——電話仍舊響個不停，夏舒雁一拍額頭，連忙轉身跑向放電話的矮桌前，在拎起話筒的同時，順道將身體扔進沙發裡，如同被抽了骨頭似地癱在上頭。

下一個交稿日還久著呢，那就不可能是編輯打電話來催稿了。她空著的那隻手拿起遙控器。

女主播字正腔圓的播報只來得及說出「新聞快報，這個月十日，白沙村一名國中女學生放學之後至今未歸……」，就被夏舒雁強制關掉電視了。

「喂？這裡是夏家。」她懶洋洋地開口。

「舒雁，是我。」溫和的嗓音從話筒裡傳了出來。

「大哥！」夏舒雁瞬間認出話筒另一端的人是她的兄長，夏舒桐，嘴角忍不住翹了翹，歡快地打著招呼。

「最近還好嗎，舒雁？」

「吃好睡好，還有可愛的小蘿陪著我，簡直不能更完美了。」夏舒雁想起這陣子的舒心生活，深深覺得姪女根本就是小天使來著，又乖又懂事，還會幫忙做家務。

每當夏蘿用那雙黑亮亮的大眼睛瞅著自己，細聲細氣地喊著小姑姑的時候，夏舒雁的心都要融化了。

「那小蘿跟春秋呢？他們住得還習慣嗎？跟新朋友相處得好嗎？三餐有好好吃嗎？你們那邊比較熱，春秋會不會常中暑，妳有沒有替他刮個痧？」

「大哥！」夏舒雁刻意發出一聲重重的嘆息，止住夏舒桐連珠砲般的詢問，終於替自己奪回說話的機會，「這些事你應該都問過春秋跟小蘿了吧，怎麼又來問我呢？」

「這個，妳也知道……」夏舒桐的聲音聽起來有絲羞赧，但更多的是理直氣壯，「同一件事要用不同的角度去看，才能得出最接近眞相的答案。」

夏舒雁又想嘆氣了。這麼哲學的話翻譯過來的意思就是：孩子們會不會是怕我擔心，所以不肯說眞話呢？

「聽好了，大哥，春秋在宿舍也是吃好睡好。我朋友阿藍就是舍監，也有特別關照他。交友方面你不用擔心，那幾個跟春秋一樣先入住的學生都是不錯的孩子，我有見過，信我準沒錯。春秋除了第一天來綠野村有中暑，其他時間都是健健康康的。」

「至於小蘿，她住我這裡你就更不用擔心了。我雖然生活習慣隨性了點，但三餐可是很規律的。我的廚藝你又不是不知道，包準你下次來的時候，小蘿都被我養胖了幾公斤。而且，村子裡的人可喜歡她了，她還交了不少新朋友呢。」

夏舒雁仔細地將兩個孩子的近況好好交代一番，唯獨避開了宿舍長孟齊與死去女學生朱槿的事件，她可不希望自家兄長又因爲操心過度而白了好幾根頭髮。

「看樣子，讓她去綠野村是正確的。」夏舒桐就像是想到什麼般，聲音不禁帶上一股悵然，「妳也知道，從那個時候起，小蘿就變得比較壓抑，習慣將事情藏在心裡……」

他說著說著，聲音漸漸低了下去，到最後變作一陣寂靜無聲。

夏舒雁也跟著沉默下來，但即使手裡還拿著話筒，她所感受到的氣氛也不是那種尷尬找不到話題聊的空虛。她知道兄長已經陷入了過往的回憶之中。

夏蘿，可愛的夏蘿，她乖巧得令人心疼的小姪女，以前是多麼喜愛向人撒嬌，會像一條小尾巴似地黏在親人身後，用著軟軟的童音說著說不完的話。

但在五年前、母親葬禮之後，夏蘿的話越來越少，她變得寡言少語，除了父親與哥哥之外，不太與其他人互動，總是睜著那雙宛如玻璃珠般剔透的黑眼睛，安靜得就像是一尊洋娃娃。

慶幸的是，夏舒桐與夏春秋對她的愛，讓她漸漸從失去母親的悲傷中走出來，但也因爲那段時間的封閉，即使夏蘿已經十歲了，說起話來卻不像同年齡孩子那般流利順暢，還帶著一股未脫的稚氣。

當然，對夏舒雁而言，不管是以前的夏蘿，還是現在的夏蘿，都是她最心愛的姪女。

「對了，舒雁。」

「嗯？」夏舒雁將思緒從往事中抽出來，一邊應著兄長，一邊用肩膀夾著話筒，伸長手去擱放在桌上的啤酒。

「妳知道小易是誰嗎？」

夏舒雁才剛拉開拉環，仰頭灌進一口酒，就聽到夏舒桐這個問題，頓時被嗆得咳出來。

「舒雁、舒雁，妳還好嗎？是不是哪裡不舒服？」

「我、咳……我很好，只是不小心嗆到。」夏舒雁手忙腳亂地拿來衛生紙擦去啤酒漬，又清了清喉嚨，才總算讓斷續的句子變得流暢起來，「小易就是小蘿在綠野村交到的新朋友之一。」

「是男生還女生？每次跟小蘿講電話的時候，我常常聽到她提起這個名字。如果是男生的話，妳一定要幫我盯好他，不許牽小蘿的手，跟小蘿的距離要保持三十公分以上……」

夏舒桐嘮嘮叨叨。

夏舒雁一時還眞不知道該怎麼跟這個女兒控的大哥解釋，那位小易其實是一個顏值太高、個性太桀驁不馴，還與夏蘿差了整整六歲的高中男生。

這番話光說出來，電話另一端的人一定會先暴走的。

最末，她只含糊地說了句，「是男生，不過你不用太擔心，我會讓春秋盯好他的。」

「什麼？這跟春秋有什麼關係？春秋也認識這個孩子嗎？」

這個話題再追究下去就讓人太難回答了，夏舒雁別無他法，只好使出殺手鐧，「大哥，如果太過干涉小蘿的交友，你會被她討厭的喔！」

話筒裡頓時傳來一聲像是噎到的聲音。

好一會兒過後，夏舒桐重拾鎮定的嗓音才又再次響起。

「不提這個了，妳明天有空嗎？」

「做什麼，要請我吃大餐嗎？」夏舒雁笑咪咪地說，但從這句話，就可以看出她不拘小節的個性裡其實還多了一點心眼。

「是這樣的，我們公司之前進來一位不錯的年輕人，認眞上進，剛好又單身，想說介紹給妳認識認識。」

「那眞是太可惜了，大哥。我明天要帶春秋和小蘿出去玩呢，是之前就排好的計畫，我可不想讓他們失望。」夏舒雁臉不紅、氣不喘地說，同時迅速撈來桌上的手機，開始查起旅館資訊。

「這樣嗎……」夏舒桐似乎有些失望，幽幽地嘆息一聲。

一聽到這樣的語氣，夏舒雁心裡的警報器立即開始轉呀轉，她可不想一整個下午都聽她哥在那邊針對她的單身狀況碎碎唸。

「不好意思啊，哥，我這邊有插撥，應該是編輯打給我的，我們下次再聊喔。」

夏舒雁以最眞誠的語氣說道，當夏舒桐電話一掛，她立即從沙發上跳起，飛奔似地跑向二樓。

站在姪子房門前，她連門都沒敲，一把轉開門把，氣勢萬鈞地對著房裡大喊。

「春秋！」

「在、在，怎麼了嗎？」午覺才剛剛睡下，還在淺眠中的夏春秋被這一聲嚇得從床上彈坐起來，瞪得大大的眸子正餘悸猶存地看著夏舒雁。

「等下你爸打電話過來的話，絕對、務必、一定要跟他說，我明天會帶你們出去玩。」一手撐在門框，一手扠著腰，夏舒雁大義凜然地說。

「可是，小姑姑妳不是說明天想在家裡開魔戒跟哈比人三部曲馬拉松嗎？」夏春秋吶吶地問。

「小姑姑是善變的，說出去玩就出去玩。」夏舒雁毫不猶豫地推翻原本的計畫，「忘了魔戒也忘了哈比人吧，反正我之前接了一個雜誌專欄，明天出去剛好可以當作度假兼取材。」

「啊，好的。」夏春秋雖然一頭霧水，但還是順從地應允下來。停頓了一會兒後，忍不住問道：「不過爸爸眞的會打電話過來嗎？」

「當然。因爲我哥，也就是你爸，是個喜歡多方求證的男人啊。」

話音剛落，手機鈴聲眞的響了起來，夏舒雁對他拋去一個「你看吧」的眼神。

夏春秋一向知道夏舒雁是個很有行動力的人，但沒想到她的行動力會強到這種地步。昨天才說要帶他們出去玩——他本來以爲這是敷衍父親用的藉口——結果今天就眞的帶他們來到了黑岩村。

黑岩村是座靠海的小村落，以海面上有許多突出的黑色礁岩而聞名。而它透明度高的海水，以及將近一公里長的美麗沙灘，更是吸引不少遊客前來。

看著車窗外的蔚藍大海與落在海面上的粼粼波光，夏春秋幾乎要產生一種錯覺，放眼所見的景物彷彿都被鍍上金光似的，讓他忍不住瞇了瞇眼，想要再看得更清楚。

就在這時，一座藍白色的三層樓建築物進入視野，隱約可以看見矗立在一旁的木頭招牌上刻著「蔚藍海岸」四個字。

「小姑姑，那就是我們要住的地方嗎？」夏春秋滿是期待地問。

「沒錯唷。」夏舒雁放慢車速，將車子停進民宿旁的停車格。在倒車過程中，她可是小心再小心，就怕車屁股不小心撞到後方。

見夏舒雁一副如臨大敵的模樣，夏春秋不由得想起她跟堇姨借來這輛老爺車時，被迫簽下契約書的事。

「聽好了，舒雁，這輛車可是我的寶貝，妳如果碰撞了哪邊或是讓烤漆上出現了刮痕，就直接買一輛新的賠我吧。」

「等一下，堇姨，既然這輛車是妳的寶貝，就算眞的讓我不小心刮傷了哪裡，妳也沒有道理直接放棄它吧。妳不是應該用愛來安撫它嗎？」

「我更喜歡用錢安撫我的心靈。順便說一句，不簽契約就別想借車，依妳的開車技術，除了我，全村應該沒有人敢把車子借給妳。」

「可惡，我簽，我簽就是了，妳這個萬惡的資本主義者！」

那張契約書就像是懸在夏舒雁頭上的達摩克利斯之劍，導致她上了高速公路後，還因爲車速過慢而被開了罰單。

當車子終於順利停妥，夏春秋甚至還聽到夏舒雁如釋重負地吐出一口大氣。

「好囉，春秋、小蘿，可以……」夏舒雁回頭看向後座，瞧見枕在夏春秋腿上睡得香甜的夏蘿時，忍不住笑了起來，「哎，該叫我們的睡美人起來了。」

「小蘿，我們到了。」夏春秋輕輕推了推妹妹的肩膀。

「嗯……」夏蘿發出含糊的咕噥聲，從椅子上坐起來，小手揉了揉眼睛，巴掌大的小臉上還殘存著未褪的睡意。

「要不要哥哥抱妳下去？」夏春秋替她撩開黏在臉頰上的髮絲，溫和地詢問。

只見黑髮白膚的小女孩搖搖頭，細聲細氣地說：「夏蘿重，哥哥抱不動，可以自己走的。」

這句話如果讓另一名紅髮少年聽到的話，一定會不馴地吊高眉毛，「我說妳重妳就嫌棄，這是什麼雙重標準啊，小不點？」

「沒有這回事的，小蘿才不重呢。」夏春秋再認真不過地說，「小蘿太輕了，還得再吃多一點兒。」

夏蘿回給兄長一朵小小的笑花，抱著自己的企鵝背包跳下車，夏春秋尾隨其後。

「來吧，我們該去裡面辦入住了。」夏舒雁壓下後車箱的車蓋，示意夏春秋拎起行李，一行三人往民宿走去。

擁有藍色屋頂與白色牆壁的三層樓建築物，充滿夏日特有的風情，通往大門的前院草皮上鋪著一階階灰色的石板，順著地形起伏向上延伸至門口，兩旁則是顏色艷麗的花卉盆栽。

懸掛在門口的風鈴不時被海風吹動，發出叮鈴叮鈴的清脆聲響。

同樣被漆成白色的門板向兩側敞開，讓人在踏上最後一階石板的時候，便可以將屋內景象收於眼底。

漸層的淺藍色牆壁上掛著大幅風景畫，屋子右側是繪有海洋景觀的櫃台，左側則放置著兩張成L狀的米色沙發，上頭還擱著幾顆色彩鮮艷的抱枕。

沙發後方有好幾盆盆栽，種植的都是細長的植物，繁茂的葉片與一人高的莖幹形成了天然屏障。木頭製的桌子刻意漆成白色，在桌椅正前方則是一面寬廣的液晶螢幕，旁邊不遠處則有台飲水機。

櫃台後方，一名中年女人正低頭整理東西，聽到從門口傳來腳步聲時，忙不迭地抬起頭，秀美的臉龐露出微笑。

「歡迎來到蔚藍海岸，請問有預約嗎？」

「我們有先預約。」夏舒雁朝她爽朗一笑，從皮夾裡掏出證件，「敝姓夏，夏舒雁。」

夏春秋與夏蘿慢了一步進來，此時正好奇地東張西望。

夏蘿似乎對看似極爲柔軟的沙發產生了興趣，往沙發上輕按了按，充滿彈性的觸感讓她眼睛一亮，拉了拉夏春秋的衣角。

「哥哥，坐，很軟很舒服。」

夏春秋笑了笑，趁著夏舒雁正與那名中年女人確認事項的時候，與夏蘿一塊坐下來。那種彷彿要陷入沙發裡的柔軟觸感，讓他的身體瞬間放鬆，有種想癱在裡面不起來的感覺。

另一邊，夏舒雁已經在櫃台完成了入住手續。

「如果夏小姐有什麼問題，都可以打名片上的電話給我。」中年女人笑容婉約，柔美的聲音有種獨特的魅力。雖然臉上看得出歲月的痕跡，卻掩不了年輕時必定是個美人胚子的事實。

夏舒雁瞧了瞧名片右下角的人名，「韓秀瑜」三個字頓時映入眼底。

「秀瑜姊是這裡的老闆娘？」夏舒雁將名片收進皮夾，隨口問道。

「呵呵，夏小姐把我叫得太年輕了，應該叫我秀姨才對。」韓秀瑜掩嘴笑了笑，眼角頓時瞇起了柔軟的弧度，「我都已經有個二十六歲的兒子了。」

「咦？」夏舒雁明顯愣了一下。對方保養得宜的外表與身材，實在很難讓人想像居然已經有個這麼大的兒子。

一旁夏春秋聽見這句話後，也不禁訝異地轉過頭，一雙眼瞪得大大的。

然而越是看著那溫柔婉約的中年女人，一股似曾相識的感覺越是濃厚，就好像他曾在哪裡見過有著相同氣質的人。

唔……到底是誰？夏春秋皺眉苦思。

「妹妹，幫我帶客人去三樓的房間喔。」韓秀瑜轉頭朝另一邊喊道。

「好的。」同樣婉約秀雅的嗓音從廚房裡響起，隨即緩緩走出一名長辮子、戴眼鏡的秀麗少女。

夏春秋訝異地張大嘴，反射性伸手比向對方——那是他在綠野高中宿舍認識的新朋友。

「林、林綾？」

長辮子少女順著聲音來源轉過頭去，頓時看見坐在沙發上的夏春秋和夏蘿。

「小夏？小蘿？」她似乎也愣了下，但很快就意識到什麼，將視線移向櫃台。

在看見夏舒雁後，林綾微揚唇角，露出一抹恬淡的笑容，禮貌地打著招呼，「妳好，小姑姑。」

「林綾同學？」夏舒雁愣怔地看了看韓秀瑜，又看向林綾，恍然大悟地說道，「難怪我剛剛一直覺得秀瑜姊的氣質似曾相識。」

「妹妹，妳認識夏小姐他們？」此刻還不清楚狀況的韓秀瑜一臉困惑，不解地來回瞧著四人。

「媽，我跟妳介紹一下。」林綾笑盈盈地說，「這位是我同學的小姑姑，沙發上的則是我同學夏春秋，坐在他身邊的是妹妹夏蘿。」

「哎呀，原來是妹妹的同學。」韓秀瑜掩不住驚喜地喊道，「這樣的話，這次的住宿請讓我們招待吧！」

「等等，秀瑜姊，這樣不好啦。」夏舒雁連忙擺擺手，試圖推拒對方的美意。

「沒關係、沒關係。」韓秀瑜滿面笑容地將房間鑰匙塞到夏舒雁手中，「妹妹，帶夏小姐他們到靠海的那個房間。」

「好的。」林綾微笑點頭，示意三人隨她上樓。

由於蔚藍海岸民宿的一樓特意挑高設計，才可以將樓梯設計成螺旋狀卻不顯得擁擠。一階階蜿蜒向上的階梯是木頭材質，扶手上還纏繞著一些貝殼串成的裝飾品，煞是好看。

不過夏春秋怎麼也沒想到，夏舒雁預約的民宿竟然是林綾家開的！巧合到讓他嚇了一大跳。

抬眼望向走在前方的恬淡少女，夏春秋再次感嘆命運真奇妙。他還記得前幾日才聽林綾說要回家一趟，本來心想好幾日之後才能再見到這位同學，沒想到對方居然出現在黑岩村。

比起夏春秋邊走邊思考，抓著他的手的夏蘿倒是睜著一雙黑亮的眼睛，不時瞧瞧走廊上的擺設，或是看向窗外的風景。

走到三樓時，和林綾並肩行走的夏舒雁忽地輕擰起眉毛。

「有菸味。」

「菸味？」林綾吸了吸鼻子，那雙深邃的眼眸滑過一抹若有所思，「小姑姑，你們等我一下。」

示意三人先在樓梯口待著，林綾走向走廊底端的陽台。夏春秋好奇地探頭望去，這才注意到陽台那邊站了個黑髮男人。

對方似乎聽見林綾的腳步聲，回過頭來，他的手指夾著一根香菸，一縷縷菸味被海風吹了進來。

男人膚色偏白，有著修長的眼與略薄的嘴唇，戴著金邊眼鏡，身上滿是一股知性的氣息。他瞧見林綾後，漫不經心地扯了扯嘴角。

「有什麼事嗎？」男人的嗓音有些高，像是隱隱帶著不耐。

「不好意思，哥哥。有客人來，要麻煩你把香菸熄掉。」林綾輕聲開口，從語氣到態度都顯得優雅有禮。

「客人？」男人隨手將香菸往陽台欄杆摁下，一邊看向樓梯口，一邊語帶嘲諷，「我也是客人吧？房錢我都付了，難道想在陽台抽根菸都要被妳管嗎？」

「那麼，這位客人，民宿裡是禁止吸菸的。」林綾微微一笑，神色依舊如水般沉靜。

「妳——」男人不悅地瞪了她一眼，顯然沒有繼續待在陽台的興致了。

他走進屋內，在經過夏舒雁三人身邊時，略微停下腳步，打量似地看了夏舒雁一眼。

「我看過妳。」

「嗯？」被不認識的陌生人突然搭話，夏舒雁有些愣住，但她很快就回過神來，饒有興味地等待對方未盡的話語。

男人露出一個似笑非笑的表情，修長的眼半瞇，滑過一抹蔑然，「我曾經買過妳的書，夏舒雁小姐。妳專寫一些怪力亂神的小說，內容不只荒謬，還無趣。」

一般人聽見這麼毫不留情的批評，都會下意識地反駁，但夏舒雁卻只是不以爲意地聳聳肩，笑得越發爽朗。

「哎，每個人的喜好不同嘛。不過還是謝謝你的指教，我會繼續加油的。」

似乎沒想到夏舒雁會以四兩撥千斤的方式結束話題，男人若有所思地看著她，隨後忍不住咂了下舌，頭也不回地走下樓梯。

「太、太過分了，他怎麼可以這樣隨便批評小姑姑的書！」夏春秋氣惱地看著男人下樓的背影。

「夏蘿不喜歡他。」夏蘿也板著一張無表情的小臉，悶悶說道。

「別在意、別在意，他至少有為我的銷量做出貢獻。」夏舒雁摸了摸夏蘿與夏春秋的頭髮，語調輕快，心情完全不受影響，接著再看向長辮子少女，「林綾，我們的房間是哪一間？」

林綾沒先回答這個問題，反而露出了充滿歉意的表情，「不好意思，小姑姑，我哥剛才對妳失禮了。」

「不會、不會，我並沒有放在……」後兩字還來不及說出，夏舒雁就被這個消息驚得瞪大了眼，「妳哥？剛剛那位……是妳的哥哥？」

夏春秋也愣住了，一想到自己居然當著林綾的面抱怨她哥哥，他就窘得想要挖個洞把頭埋起來。

林綾點點頭，有些傷腦筋地瞇起眼角，「我哥林霖，他在大學擔任助教，這次暑假剛好回來家裡休息。」

看見三人再次露出費解的表情，林綾輕聲解釋，「他是雨木霖，跟我的綾是不一樣的字。」

「原來如此，不過你們兩人的名字發音實在太像了。」夏舒雁調侃笑道，「這樣妳家人在喊你們名字的時候，不會叫錯人嗎？」

「有時候是會有這種事發生。」林綾似乎想到了過去，神情有瞬間的恍惚，但這抹情緒很快就散去了。

她領著夏春秋他們來到房間前，將鑰匙插進門鎖，門把一轉，燦爛的陽光瞬間隨著敞開的大門流洩出來。

「這房間真不錯，還可以看到海。」夏舒雁眼睛一亮，興匆匆地打開窗戶探頭一看，隨即向姪女招招手，「小蘿來，這邊的景色很漂亮喔。」

夏蘿依言走過去，踮起腳尖往窗外看。

「林綾，之前妳說要回家幫忙，指的是民宿的事嗎？」夏春秋好奇問道。

「嗯，原本來幫忙的阿姨閃到腰，但這幾天又有好幾組客人要過來。」林綾傷腦筋地笑了笑，「我不太放心讓我媽一個人處理，所以就回來了。」

「原來是這樣。」夏春秋恍然一笑，隨即像是想到什麼，臉上笑意更盛了，「花花很想妳呢，如果被他知道我遇見妳，他一定會跑過來的。」

夏春秋口中的花花，全名花忍冬，是個十六歲的少年。相貌秀氣，有著細長的狐狸眼，偏偏卻有著和外表截然不搭的怪力。

「如果他平時做事有這種行動力就好了。」林綾唇角輕揚，很快帶開這個話題，轉而問起另一件事，「你們呢，是來黑岩村玩的嗎？」

夏春秋覷了夏舒雁一眼，壓低聲音，「這件事我們去外面講吧。」

林綾露出心領神會的神情，靠在夏春秋耳邊輕聲說道：「那我們去樓下說吧。」

夏春秋點點頭，朝夏舒雁拋下一句「我跟林綾去樓下聊天」，便隨著她走出房間。

當他們到了一樓客廳，卻意外看見櫃台前站了兩名女性，韓秀瑜正微笑地與她們寒暄。

或許是察覺到下樓的腳步聲，她們下意識地抬起頭，這也讓夏春秋瞧見了她們的樣貌。

那兩名女子的年紀有些落差，較成熟那位有著黑色長直髮與瓜子臉，眉眼古典秀美；年輕的那一位看起來與林綾差不多年紀，留著褐色齊肩鬈髮，外貌甜美，正好奇地瞅了過來。

當她們笑容可掬地朝夏春秋與林綾打招呼的時候，頰邊都露出了小小的酒窩。

「妹妹，小夏，我來爲你們介紹一下。」韓秀瑜招了招手，示意兩人過來這邊，「這是謝麗雅小姐和她妹妹麗心，她們也住在三樓。」

「請多指教囉，鄰居。」留著齊肩鬈髮的謝麗心笑嘻嘻地說道，隨即忍不住多瞧了林綾一眼，「妳長得跟我姊有點像耶。」

對於這番話，林綾但笑不語，只是點點頭，當作是打招呼。

「你們好。」氣質典雅的謝麗雅微微一笑，視線停佇在林綾身上一會兒，但很快又移開了。

「妹妹，我先帶謝小姐她們去房間，妳幫我顧一下這裡喔。」韓秀瑜從抽屜拿出鑰匙，一邊交代林綾，一邊從櫃台後方繞出來。

「好的，媽媽。」林綾柔聲回應，目送母親與客人的身影消失在樓梯口後，她轉過身子，看向呆站在原地的夏春秋，抬起手指輕彈他的額頭，「你在發呆呢，小夏。」

「啊、啊……」夏春秋瞬間回過神，臉上露出羞赧的表情，「不，我只是……」

他撓撓頭髮，想要解釋自己並不是在發呆，只是在看見謝麗雅的時候，總覺得似曾相識。他瞧了瞧林綾，又望向已經空無一人的樓梯，最後還是將心底的想法壓回去。

那位謝同學說的沒錯，她姊姊的神韻的確與林綾有絲相像。

林綾又向夏春秋笑了一下，她的神情總是恬淡沉靜，讓人感覺很舒服。她走到沙發區，彎下腰從桌子底下拿出一組茶具。

「小夏，你喝茶嗎？」林綾問道。

「不、不討厭。」夏春秋也跟了過去，這時他才注意到原來沙發區的右後方，還有一條隱蔽的走廊。

「那條走廊可以通到我和媽媽的房間。」注意到夏春秋的視線，林綾柔聲說道，如畫的眉眼在提及母親時，顯得格外溫柔。

「也、也有妳哥哥的房間嗎？」夏春秋反射性問了一句，隨即慌慌張張地摀住嘴巴，暗罵自己的失禮。

「沒關係的，小夏。」林綾一邊俐落地淋壺、篩茶、高沖、低酌，一邊回應，「一樓也有我哥哥的房間，不過他比較少回來，所以我就自作主張地把他的房間當成置物間了，現在裡面可堆滿不少東西。」

「咦？」夏春秋愣了一下，不確定林綾聲音裡的愉悅是不是自己的錯覺。

確認好水溫與時間後，林綾倒了一杯茶遞給夏春秋，「這是客人送的高山烏龍，慢慢喝。」

夏春秋小心翼翼地接過茶杯，低頭輕啜一口，嘴裡頓時盈滿甘甜的茶香。

林綾也替自己倒了一杯，「剛剛三樓發生的事，我大概可以猜到原因。哥哥雖然在大學擔任助教，不過他的另一個副業，跟小姑姑是一樣的。」

「小、小說家？」夏春秋訝異地抬起眼，看見林綾露出「答對了」的表情。

「所謂的文人相輕吧。」林綾細緻的眉眼依舊帶著笑，說話語氣不疾不緩，「拿了幾次文學獎，出了幾本文學性質的書籍，就把自己擺放在高高在上的位置，看不起他人的作品，一個擁有高學歷的助教，卻不如小姑姑的風度，這樣子也是挺糟糕的呢。」

「唔、呃……」夏春秋不知該如何接下這句話，只能吶吶地發出幾個無意義的音節。

先前在三樓，雖然已經隱隱嗅出林綾與她兄長之間的氣氛有些微妙，但沒想到兩人的關係會這麼不和諧。

察覺到夏春秋尷尬的情緒，林綾歉意一笑，「不好意思，小夏，跟你講了一些不開心的事。你別放在心上，聽聽就好。下午有決定要去哪裡逛逛嗎？」

「沒有。」夏春秋搖搖頭，心底暗暗慶幸對方改變了話題。

「那麼，我帶你去後山走走吧，順便見見我父親。」林綾建議道，下一秒她忽地抬起頭，一雙深邃的眸子看向樓梯。

「怎麼了，林綾？」夏春秋好奇地順著她的視線看過去。

「有腳步聲。」林綾側耳傾聽，隨即了然地揚起淺笑，「從跑步的速度和力道來判斷，應該是小蘿。」

「真、真的嗎？」夏春秋跟著做出傾聽的模樣。

一開始沒聽到什麼聲音，但一會兒後，他也聽到了細微的咚咚聲迴盪在樓梯那邊；又過了數秒鐘，便從樓梯扶手的間隙，看見妹妹小巧的身影。

黑髮白膚的小女孩跑下樓梯，先是往櫃台那邊看了看，接著又看向沙發區。在看到沙發上的夏春秋與林綾後，忙不迭地朝兩人跑去。

「哥哥，有你的電話。」夏蘿雙手捧著手機，仰高蒼白的小臉，一雙幽黑的大眼睛直直看著兄長，「是小易的姊姊。」

「左左左容？」夏春秋立即慌張地接過手機。

「春秋，可以幫我問林綾一下，他們那邊還有空房嗎？」

左容平穩的聲音從手機裡傳出來，但提出的問題卻讓夏春秋愣了一下，他忍不住看向了林綾。

「怎麼了？」綁著長辮子的少女揚起眉毛，輕聲詢問。

「左容想要問妳，民、民宿還有空房間嗎？」雖然心存訝異，但夏春秋還是如實地轉述左容的問題。

「等等，我看一下喔。」林綾走到櫃台後，搜尋起今日的訂房記錄。

夏蘿先是瞧瞧紅著耳朵講電話的兄長，又看向放在桌上的茶壺，雖然小臉蛋上仍是面無表情，但眼裡卻掩飾不住她對那股茶香的好奇，小手輕拉了拉兄長的衣角。

「哥哥，夏蘿可以喝那個嗎？」她軟軟地問道。

「可以喔，小蘿。」

回答問題的不是夏春秋，而是朝他們走來的林綾。她笑著替夏蘿倒了杯茶，並對夏春秋說道，「小夏，我們只剩下一間空房。」

「嗯嗯，好。」夏春秋將這句話轉述給手機另一端的人，「左、左容，林綾說民宿只剩下一間空房。」

「那就麻煩她先幫我保留，我們今天晚上會過去。」

「咦咦？妳要過來？可、可是，妳不是應該待在宿舍養傷比較好嗎？」夏春秋想起先前在紅葉村時，左容因爲保護他而肩膀受傷的事，臉上不由得浮現憂心忡忡的表情。

「因爲你在那裡。」

這記直球頓時讓夏春秋耳朵燙得像是要燒起來，他沒有發現林綾和夏蘿正盯著他看，只是抱著手機支支吾吾。

最末還是左容將話題帶回正軌，阻止了夏春秋快要自爆的窘境。

「我們現在出發的話，大概兩個小時左右會到黑岩村。」

「等等……我們？」夏春秋這才後知後覺地發現對方使用的是複數名詞。

「我跟左易。」

左容淡漠的話聲才剛落下，緊接著又響起另一道偏高的聲音。

「還有人家！左容妳太過分了，人家也要去民宿找林綾啦！」

夏春秋依稀聽到手機裡傳出疑似重物落地的聲音，隨即左容再次主導對話。

「……還有花忍冬。」

「咦？花花也要過來嗎？」夏春秋不禁愣住了，「可是可是，只有一間空房，他要睡哪裡？不會是要跟你、你們擠一間吧？」

「當然不是。」左容毫不猶豫地否認。

坐在一邊的林綾朝夏春秋輕輕招了招手，示意他看過來，「小夏，手機給我，我來跟左容講吧。」

「啊，好。」夏春秋點點頭，將林綾的意思轉告給左容後，這才將手機遞過去。

一會兒之後，林綾就結束了與左容的通話，將手機重新交回夏春秋手上。她微笑說道，「放心吧，小夏，房間的問題解決了。左容今天晚上跟我一起睡，那間空房就留給左易和花花吧。」

「咦？花花同意了？」夏春秋一怔。身為左易室友的他，自然知道對方的脾氣有多麼糟糕，連他都和左易相處得心驚膽跳了，更別說花忍冬。

「當然沒有，他的意見並不在我的考慮範圍。」林綾溫和地微笑。

「這、這樣啊……」夏春秋也只能默默地在心裡祝花忍冬好運。

「林綾姊姊，有人。」夏蘿忽然拉了拉林綾的衣角，那雙幽黑的大眼筆直地望向門口。

夏春秋與林綾同時看過去，只見一名陌生女子拉著行李箱往這邊走來。

或許是察覺到屋裡三人的注視，女人抬起頭，長鬈髮隨著她的動作揚出一圈漂亮的弧度，露出了白皙嫵媚的側臉。

「你們好。」相貌嫵媚的女人輕笑地打著招呼，唇角下邊有顆黑色小痣，讓她的笑容更顯妖嬈。

林綾起身迎了上去，在看到女人帶著的褐色仿木紋行李箱之後，瞳孔微不可察地收縮了一下。

但很快地，這抹情緒就像破滅的泡泡般，消逝得無影無蹤，誰也沒有發現林綾那秒顯現出的異樣，就算是與林綾正對著的嫵媚女人也沒有。

「請問是有預約的客人嗎？」林綾若無其事地詢問。

「是的，敝姓方，方茉莉。」方茉莉神色愉快地說道，「我預約了五天，希望是可以看到海景的房間。早晚餐都不需要，也不用替我打掃房間，就讓我好好享受一下悠閒的度假生活吧。」

「好的。」林綾婉約一笑，走到櫃台後，從電腦裡調出預約資料，「還要麻煩方小姐將證件借我。」

就在林綾和方茉莉確認住房事項之際，夏春秋打發時間地拿起放在桌面的遙控器，隨意切換電視頻道。當他轉到新聞台時，夏蘿的視線忽地移開了原本捧著的茶杯，瞬也不瞬地瞅著螢幕。

那是一則國中女學生的失蹤案件。

「怎麼了嗎，小蘿？」夏春秋注意到妹妹的動作，關切地詢問。

「……夏蘿沒事。」夏蘿先是抿了抿小嘴，隨即又搖搖頭。她說不出剛才看到這則新聞時，額頭為何會突然隱隱作痛，但那股刺痛來得快、去得也快，讓她不知道該怎麼向兄長說明。

「嗯嗯，沒事就好。」

夏春秋抬手揉了揉她的頭髮；像是對這動作感到心安，夏蘿縮進夏春秋的懷裡，用臉頰蹭了蹭兄長，一張小臉雖然還是沒有什麼表情，但是黑色的大眼卻忍不住舒服地瞇了起來。

「眞可愛的孩子。」

低柔的嗓音帶著笑意響起，夏春秋回頭一看，才發現那名長鬈髮女人已完成住房手續，一把銀色鑰匙正握在手裡。

自稱方茉莉的女人溫柔地垂下眼角，似乎想要伸手撫摸夏蘿的臉頰，卻又像是覺得不妥地停在半空中，最後還是微笑地收回手。

「方小姐，眞的不需要我幫妳將行李提上去嗎？」林綾從櫃台後方走出來，站到方茉莉身側。

方茉莉婉拒了她的好意，「只是二樓而已。況且，我對自己的力氣也挺有信心的。」

林綾也不勉強，那張白皙的臉龐上雖然帶著恬淡平靜的神情，然而如深潭的眸子卻閃過一抹若有所思。

直到那抹纖細身影與行李箱消失在樓梯口之後，林綾才神態自若地轉過頭，向夏春秋與夏蘿微微一笑。

「既然現在沒什麼事，我帶你們去村裡逛逛吧。」

第二章

獨自待在房間的夏舒雁坐在桌前，一手按著被吹亂的劉海，一手敲著筆電鍵盤，偶爾停下動作，像是陷入沉思般。

帶著鹹味的海風不斷從窗外吹進來，將懸掛在窗子兩邊的紗簾吹得翻飛不已。天氣很好，海風很涼，讓人心情也跟著愉快起來。夏舒雁屈起一隻腳放在椅子上，又開始敲起了鍵盤，流暢有致的敲鍵聲迴盪在房間裡，她甚至忍不住哼起歌來。

由於夏春秋和夏蘿都不在房裡，估計是跑出去哪邊逛了吧，此時擁有個人空間的夏舒雁就這樣悠閒地做著自己的事，口中不時喃喃自語個幾句。

燦金陽光從窗外斜斜射入，溫柔地在她臉上落下鍍金似的光芒，但夏舒雁卻像是厭煩地揮揮手，試圖趕走光線，不過這當然是不可能的。

她的皮膚被夏日陽光灼得有些發燙，那些垂在頰邊和額前的髮絲也彷彿升騰起了溫度。

夏舒雁停下打字的動作，撥了撥那幾綹被風吹又被陽光熨燙的髮絲，乾脆將不聽話的劉海用髮夾全數別至額頭兩側，再將其餘頭髮用鯊魚夾夾住。

恢復清爽狀態的臉孔讓夏舒雁滿意地低下頭，盯著螢幕上的文字思索起來。在這段沉思的時間裡，她的坐姿不知不覺也改變了，從單腳屈著改成兩隻腳縮在椅子上，變成一個有點懶散、有點不文雅的姿勢。

不過認識夏舒雁的人都知道，她本就不拘小節，淑女一類的詞實在跟她劃不上等號。

拿起先前自己泡好、擱在桌面的咖啡，夏舒雁喝了一口、咂咂嘴，舔去唇邊的咖啡漬，特意帶來、現正接在筆電上的滑鼠，被她隨意移動著。

她打開網頁，在搜尋引擎上輸入了「黑岩村」三個字。

雖然夏舒雁已經知道黑岩村是因爲突出海面的黑色礁岩而得名，不過當她看到有部落格介紹到黑岩村的人偶師父時，還是忍不住好奇地點開來看。

網頁上大多是部落格主讚歎自己買到的人偶有多可愛、多精緻，然後再用寥寥幾句話介紹人偶的出處、製作的師父，最後放上一張背景是蔥綠森林的照片和一張人偶照片。

第一張照片的左側是一棟木造建築，只有一層樓，佔地極廣。不過這棟建築物最特別的是它的後院設有簷廊。一名髮色灰黑的中年男人正坐在那邊，低著頭不知道在做什麼。

由於照片似乎是從遠處偷拍的，所以沒辦法看得很清楚，不過部落格的作者特地在照片上做了註解，說那張有些模糊的照片裡的中年男人，就是人偶師父。

第二張照片拍的應該就是部落格主買回來的人偶，黑髮白膚，表情端莊，套在身上的服飾雍容華貴，人偶的眉眼口鼻極其精緻，顯示出製作者的用心。

夏舒雁一時看得入迷，忍不住將這張照片抓下來，隨即在搜尋引擎上輸入「黑岩村」、「人偶」等關鍵字，試圖再尋找出相關訊息。

然而正當夏舒雁專注在網路上的時候，一股彷彿被窺視的異樣感突兀地出現。一開始，夏舒雁還以為是自己的錯覺，畢竟房裡只有她一人，怎麼可能出現第三者的視線呢？

是多心了吧？夏舒雁不以為意，又繼續敲著鍵盤，但才敲沒幾個字，那種強烈的窺視感又出現了，彷彿有某個人從後方注視著她。

夏舒雁停下動作，回頭瞧了瞧身後，映入眼底的是擺著行李的床鋪，和位在床鋪旁邊的大衣櫃，什麼人也沒看到。

「奇怪。」夏舒雁撓撓頭髮，不自覺地又將原本夾得整齊的髮絲弄亂了。不過她卻不以為意，將兩隻手擱在椅背上，仔細端詳著偌大的房間。

夏舒雁發呆似地看著房間數分鐘後，忍不住撇撇唇角，笑自己的疑神疑鬼。就在她準備收回視線時，剛好被某個東西拉去了注意力。

木製大衣櫃依舊穩穩地待在原地，而讓夏舒雁不禁多看幾秒的地方，就是櫃門沒有完全闔攏的門縫，一條黑色細縫像極了細細的口子。

「算了，把衣服放進櫃子裡好了。」夏舒雁站起身走到床邊，將她與夏蘿、夏春秋的衣物拿了出來，然後抱著它們走向衣櫃。

衣櫃的設計是雙開拉門，夏舒雁用一隻手抱住全部衣物，空出的另一隻手拉開櫃門，陽光映入了原本黑暗的衣櫃內，夏舒雁頓時訝異地眨了眨眼，發出驚歎的音節。

「這個是？」夏舒雁隨意地將衣服往衣櫃裡一放，也不管三人的衣物都混在一起，伸手從裡頭抱出一尊人偶。

那是一尊穿著紅色洋裝的十二吋人偶，五官精緻，柔軟的黑色長髮垂在身後，用手摸了摸，觸感與人類頭髮差不多；而那雙由玻璃珠鑲嵌的眼眸大而靈動，彷彿隨時會眨動一般。

「哎，發現好東西了。」夏舒雁笑嘻嘻地拿高人偶，細細端詳。在光線映照下，人偶如同被鍍上薄金似的光膜，看起來美麗又虛幻。

雖然夏舒雁極爲喜歡這尊漂亮的人偶，卻沒想過佔爲己有，反倒是小心翼翼地抱著它，順道拎起放在桌上的鑰匙走出房間。

既然是放在衣櫃裡，那應該是上一個客人，或是民宿的誰忘了拿走。夏舒雁一邊推測著人偶的由來，一邊走下樓梯。

當她來到客廳，坐在沙發上看電視的韓秀瑜像是察覺到後方的動靜，同時回過頭，笑容可掬地舉起手中的茶杯。

「要喝茶嗎？這是妹妹泡的高山烏龍。」

「秀瑜姊，怎麼沒看到林綾他們？」夏舒雁環視客廳一眼，卻沒看到夏春秋與夏蘿。

「妹妹帶小夏和小蘿去外面走走，她要我跟妳說一聲。」韓秀瑜溫婉地笑道，視線不經意掃過夏舒雁手中的人偶，驚訝地張大眼，「夏小姐，妳手中的人偶……？」

「這是我在衣櫃裡發現的，是不是哪位客人忘了帶走？」夏舒雁將人偶遞給韓秀瑜，順口問了一句。

「呵呵，這是我老公很久以前做給妹妹玩的。等妹妹年紀大了些，就把它留在我老公那邊。不過不知道爲什麼，妹妹最近又突然將它帶回來，說要當擺飾，結果竟然忘記把人偶放到哪裡去了。」韓秀瑜微微一笑，輕柔撫摸著人偶的黑色長髮。

「秀瑜姊的老公，該不會是……」夏舒雁立即想起在部落格上看到的照片，「人偶師父吧？」

韓秀瑜掩嘴笑了起來，秀氣的眼眸彎成細細的新月狀，「是啊，他那個人總是顧著雕刻人偶，幾乎足不出戶，連我這個做妻子的要見他一面，都得上山去找呢。」

林綾領著夏春秋和夏蘿逛了黑岩村一圈，嚐了一些當地的特色小吃，最後帶著他們往後山走。

「林、林綾，我們要去哪裡？」夏春秋牽著妹妹的手跟在林綾身後，納悶地東張西望。

「去看我父親。」紮著一條長辮子的少女恬淡笑道，那雙如畫的眉眼輕輕彎了起來。

「咦？你們沒有住在一起嗎？」夏春秋反射性一問，隨即像是覺得自己這個問題太唐突，忙不迭摀住嘴巴，偷偷覷向林綾。

「不是小夏想的那樣。」林綾回頭看了他們一眼，秀麗的臉龐帶著一抹溫婉，「父親因爲工作需要，才會待在後山的房子裡。」

「住在山裡？林綾的父親是做什麼工作的？」

「先保密，你們到了就知道。」林綾將手指豎在嘴唇前，笑瞇了眼，輕聲說道。

「這樣子讓人好在意啊……」被林綾保持神祕的態度挑起好奇心，夏春秋覺得心裡好像有小貓的爪子在撓呀撓的。

屬於少女的柔軟笑聲迴盪在山裡，林綾雙手負在身後，腳步輕快地走著。後山的濕氣有些重，但並不會讓人覺得陰冷，這個時候山裡的景色總給人特別蒼鬱的印象。

生長在此的樹木極為高大茂密，不斷朝四方伸展的枝葉將天空吞噬大半，就像覆蓋在上方的紙傘。陽光偶爾會穿透葉隙，投射下淺色光點，四周圍繞著一股淡淡的濕潤感。

夏春秋跟在林綾身後，牽著妹妹走出森林小路，原本略顯顛簸的地勢瞬間變得平坦許多。在一片寬廣的土地上獨自立著一棟木造房子，雖然只有一層樓，卻佔地極廣。房子前方鋪著一階一階的灰色石板，雙開式的大門，其中一面門扉正敞開著。

「這裡就是父親的工作室。」林綾轉過身，倒退著和夏春秋他們說話，那雙似水的眼眸像是浸染了光采。

她的一舉一動落在夏春秋眼裡，就像是急欲展示寶物的孩子，讓他忍不住笑了出來。

「怎麼了，小夏？」剛回過頭就看到夏春秋眼底帶笑，林綾遞去一抹探詢的眼神。

發現對方的注視，夏春秋忙不迭擺擺手，要她不用在意。

「有點可疑喔。」林綾輕推了推眼鏡，朝夏蘿招招手，「來，小蘿，跟姊姊一起走，妳哥哥有祕密瞞著我們，我們不要理他。」

「哥哥有什麼祕密？」夏蘿困惑地仰起頭，「不能跟夏蘿講嗎？」

「並不是、不是什麼祕密啦。」被妹妹和林綾這樣看著，夏春秋露出困窘的表情，「我只是在想……」

「在想？」夏蘿歪著腦袋，重複最末兩字。

「林綾剛剛講到父親的時候，看、看起來很高興的樣子，跟平常的妳……呃，不太一樣。」夏春秋結結巴巴地說出心底的想法，兩隻耳朵已經紅了起來。

長辮子少女睜著剔透如水晶般的眸子，先是愣愣地望著夏春秋，隨即掩嘴發出噗哧的笑聲。

「原來小夏你是在想這種事啊？你這樣的說法，好像我平常看起來都是不怎麼高興的樣子呢。」

「不、不是這個意思。」夏春秋一聽，急忙搖著手，「平常的林綾很、很穩重冷靜，笑起來的時候屬於比較內斂的感覺；可是剛剛的林綾就像是、像是小孩子，很高興地在介紹，唔……很重要的寶物一樣。」

「因爲是我的家人嘛，父親跟媽媽都是我最重要的寶物，是我好不容易擁有的呢。」

林綾笑盈盈地回應，坦率的態度讓夏春秋再次見識到她的另一種樣貌。但夏春秋卻也從這句話察覺出一絲微妙之處，林綾的寶物裡，並不包含她的兄長……

「來，小夏、小蘿，往這邊走。」林綾示意他們跟上自己的步伐。

夏春秋牽著妹妹的手，不時好奇地東張西望，當他們一踏進那幢木造屋子裡，眼前的少女卻突然停下腳步，轉過頭，對著他與夏蘿露出一抹恬靜的微笑。

「小夏、小蘿，歡迎來到人偶屋。」

夏春秋難掩讚歎地看著大廳四周，牆壁兩側是一座又一座的透明玻璃櫃，每個層板上都放置著一尊人偶，不管是穿著精美的日式和服，還是中式的繁複古裝，抑或西式的華美禮服，每一尊人偶都精緻到不可思議。人偶的頭髮或披散或優雅地梳理成型，由刀具刻出的五官細緻美麗，一顰一笑栩栩如生。

「好、好漂亮！」夏春秋不由得看傻了眼，一臉驚艷地在兩座大玻璃櫃間來回觀看。

「這是十二吋人偶的展示櫃，裡頭還有更大的人偶呢。」林綾輕笑說道，「不過在這之前，我先帶你們去找父親吧。」

「啊，好。」仰著脖子觀看人偶的夏春秋連忙回過神來，一把捉住妹妹的小手，將同樣看入迷的夏蘿帶離大廳。

兩人隨著林綾穿過走廊，經過一扇扇緊閉的門扉，來到走廊盡頭的房間。

房間的門是半掩著的，因此林綾沒有敲門，只是伸手輕輕推開門扉，露出裡頭被陽光渲染的空間，然後對著夏春秋與夏蘿做了個「噓」的手勢。

那張秀麗婉約的臉龐帶著笑，不發出一絲聲響地走進房裡，走到盤腿坐在落地窗前、背對著他們的高大身影後方。

「爸爸，我帶朋友來看你了。」林綾彎下身，湊在他耳邊說道。

男人先是抬頭看了她一眼，接著才回過頭看向後方。

那是名約莫五十多歲左右的中年男人，髮色灰黑，一絲不苟地向後梳，那張刀刻般的臉龐充滿著嚴厲的味道，彷彿難以親近。

「伯、伯父好。」夏春秋緊張地低下頭打招呼，身旁的夏蘿也有樣學樣地彎身低頭。

「爸爸，這是我的同學小夏，以及小夏的妹妹，她叫小蘿。」

「嗯。」有著灰黑髮色、表情嚴肅的中年男人淡淡應了一聲，視線在兩人身上停留數秒，隨後又移回林綾身上，抬手摸摸她的頭，「明天拜託妳了，好嗎？」

這句話落在夏春秋耳朵裡，自然是沒頭沒尾，但他注意到中年男人嚴肅的表情有瞬間的軟化，那一句詢問放得又輕又充滿冀望。

「好的，爸爸，我盡量。」林綾神情柔軟似水，語氣婉約。

接著，中年男人又看了夏春秋與夏蘿一眼，「有空的話，可以再帶他們來走走。」

林綾綻出淺淺的笑花，低聲和父親說了幾句話，這才走到夏家兄妹身前。

「太好了，父親很喜歡你們。」她語調輕快地說道。

「咦──咦咦咦？」夏春秋不禁愣住了，一雙眼瞪得大大的，剛剛那句話有那麼深的含意嗎？

「伯伯……喜歡哥哥跟夏蘿？」夏蘿仰起小巧的下巴，困惑地眨了眨眸子。

「父親覺得小蘿很可愛喔。」林綾揉了揉夏蘿的頭髮，語帶笑意地說道，「而且他還說，如果你們有喜歡的人偶，可以挑一隻帶走沒關係。」

夏春秋這下是徹底地傻在原地，爲什麼林綾可以從那句簡短到不能再簡短的句子中，得出這麼多訊息？

「因爲我們是父女嘛。」林綾彷彿看出了夏春秋的疑惑，微笑地給出答案。

蔚藍海岸民宿三樓，謝麗雅聽著窗外傳來的喧鬧聲，以及海浪拍打礁岩的聲音，心裡隱隱有股煩躁感。

她低頭看向手機，沒有來電顯示、也沒有最新訊息，螢幕上空蕩蕩的，就像她此刻的心情。

謝麗雅輕咬了咬嘴唇，將手機隨手一擱，從床鋪上撐起身子，輕攏起壓得有些凌亂的髮絲，轉頭看向鏡子，光滑的鏡面映出一張古典秀美的臉龐。

和妹妹謝麗心的甜美活潑不同，謝麗雅的氣質更加優雅恬靜，就彷彿仕女畫裡走出來的古典美人，說她是中文系出身的，想必所有人都會相信。

但事實上並不是，謝麗雅其實是外文系研所畢業。這次外出旅遊，就是爲了慶祝自己找到翻譯的工作，並且順利領到第一筆薪水，才特地帶妹妹來到黑岩村。

然而面對窗外的明媚風景，謝麗雅的心情始終無法放鬆。她自嘲地揚揚唇角，臉上泛起一抹苦澀。

隨即深呼吸一口氣，將身上的衣服縐褶撫平，套上拖鞋走出房間。

被陽光籠罩的走廊彷彿懸浮著光粒子，給人如夢似幻的感覺，但是謝麗雅卻沒有心情欣賞，她只是捏緊右手，指甲陷入柔軟的掌心裡，來到了靠近樓梯側的房間。

凝視緊閉的門板數秒之後，謝麗雅終於舉起手，輕輕在門上敲了敲。叩叩叩的聲音迴盪在走廊上，彷彿在安靜的空氣裡蕩出了圈圈漣漪。

「林霖，是我。」謝麗雅就像是早已知道這間房的住宿者是誰，毫不猶豫地喊出對方的名字。

下一秒，房門由裡向外打開，露出了男人充滿知性氣息的臉孔。

謝麗雅抬起頭，朝林霖微微一笑，從容優雅的表情讓人無法聯想到數分鐘前她在房裡的煩躁。

「我可以進去嗎？有事情想跟你談。」雖然謝麗雅柔聲詢問，但左腳卻已不著痕跡地向前踏出一步，悄悄抵住門。

林霖抿著薄唇，探出頭向走廊左右兩邊張望一下，確認沒有第三人之後，才冷聲道，「進來吧，記得把門關好。」

看到他這個舉動，謝麗雅暗暗皺了下眉，但還是一言不發地關門、上鎖，自己在房裡尋了一個位置坐下。

她嗅到一股淡淡的菸味，環視四周一圈，才在窗台邊看見一個菸灰缸，抽到一半的香菸正擱在上頭。

「你又抽菸了。」謝麗雅皺著眉頭說道。

「妳來我這裡，不是討論我抽不抽菸的問題吧？」林霖推了推鼻梁上的金邊眼鏡，眼角不悅地瞇了起來。

「我只是……想先跟你說聲生日快樂。」謝麗雅垂下睫毛，表情有些苦澀，「明天就是你的生日，爲什麼不讓我替你慶祝？」

「算了吧，妳記得我的生日有什麼用，我家可沒其他人記得。」林霖嘲諷地彎起唇，

「反正生日每年都有，慶不慶祝也無所謂。」

「林霖，我……」謝麗雅張口想說些什麼，卻見林霖伸出骨節分明的手指，做了個暫停的手勢。

「先說好，在其他人面前不要直呼我的名字。」林霖不高興地繃著臉，他走到窗前拿起放在菸灰缸上的香菸，放在嘴邊吸了一口，才冷冷淡淡地說道，「就像以前那樣，稱呼我助教就好。」

「我都已經畢業了，為什麼不能直呼你的名字？」謝麗雅忍不住站起身，纖細的肩膀微微顫抖，「我們……我們明明在交往啊！」

「現在還不是公開的時候。」林霖拿著香菸，眼角略垂。

「那要等多久才可以公開？」謝麗雅深吸一口氣，盡量讓語氣維持平靜，兩隻手握成拳放在身側，「一個月？兩個月？」

「再兩個月吧。」林霖抬起眼，或許是察覺到謝麗雅眼底的不滿，他放緩臉部線條，柔聲道，「妳才剛畢業沒多久，如果現在公開，學校就會知道我在妳唸書的時候就跟妳交往了。」

不管是私立還是國立大學，師生戀一向是學校避忌的事情。

聽見這番話，謝麗雅抿著嘴唇，雖然垂在身側的兩個拳頭已經鬆開，但心底卻還是無法完全釋懷。

林霖在她大二的時候被學校聘爲助教。一開始兩人的關係並不親近，但經歷了系上的研討會及學術活動之後，兩人慢慢越走越近，彼此的關係也從師生變成了情侶——當然是私下交往的。

好不容易捱到畢業，謝麗雅在領到第一筆薪水之後決定帶妹妹外出旅遊，恰好得知林霖的老家在黑岩村經營民宿。急欲見上林霖家人一面、給他們好印象的謝麗雅，便臨時改變旅遊地點，拜託林霖替她們訂了房間。

原以爲在黑岩村這裡，兩人的關係應該可以公開，但林霖的態度卻比在學校時更疏離，彷彿不樂見家人知道他們交往的事，這讓謝麗雅的心情不禁煩躁起來，才會在這個時候忍不住找林霖問清楚。

看著謝麗雅輕皺眉頭、咬著嘴唇的模樣，林霖熄掉香菸，走到她的身邊，伸手將她摟在懷裡。

「不要生氣了，就當作是爲了我，再忍一段時間好嗎？」輕撫著謝麗雅柔軟細長的黑髮，林霖神情溫柔，眼裡彷彿瞬間沾染上了回憶的色澤。

謝麗雅紅著臉轉過身，兩手環在林霖的腰上，輕聲說道：「我來的時候，有看到你母親和你妹妹，她們兩人長得真像。」

「是嗎？」林霖漫不經心地回道，彷彿謝麗雅提的只不過是一件微不足道的小事。

「麗心說，你妹妹也跟我有些像。」謝麗雅雙手不禁將林霖抱得更緊了，她仰起秀美的臉孔，微微一笑，「聽說世界上有三個人會長得很像。」

「這種沒有根據的事妳也信？」林霖嗤笑一聲，揉了揉她的頭髮，修長的眼角下垂，恰好讓睫毛遮住裡頭冷淡的情緒。

謝麗雅偎在林霖懷裡，「不提這個了。林霖，麗心最近在寫小說，你有空的話可以指導她一下嗎？」

「小ㄚ頭也想當作家啊？」林霖撇了撇唇，「先說好，我可不懂什麼怪力亂神相關的小說，也不懂輕小說。」

「你知道麗心在寫這個？」謝麗雅訝異地抬起頭。

「我隨便猜的。」林霖的手指捲著謝麗雅的髮絲，「今天剛好在民宿遇到一個專門寫這種小說的作者。」一想到夏舒雁，他眼底頓時滑過一抹輕蔑，「叫妳妹妹別寫這些亂七八糟的東西了。」

「這我就沒辦法了，畢竟那是麗心的興趣。」謝麗雅輕笑出聲，「最多我不在你面前提到麗心的作品就好。」

這句話才剛落下，謝麗雅就聽到走廊上傳來連串腳步聲，然後是女孩特有的活潑聲音。

「姊，我回來了……欸？人呢？跑哪去了？」

謝麗雅沒有出聲回應，只是緊緊抱著林霖，就好似他是她的浮木一般。

林霖輕拍了拍她的背，動作溫柔，然而那張端正英俊的臉孔上卻掛著冷淡厭煩的表情。

第三章

從黑岩村晃了一圈回來的謝麗心推開房門，本以爲會看到姊姊謝麗雅，沒想到房裡卻是空無一人。

「該不會也去外面逛了吧？」謝麗心歪頭思索，越想越覺得有這個可能，乾脆又跑回一樓。

客廳裡沒看到其他人，她往廚房裡探頭看了看，看見韓秀瑜正坐在餐桌前剝蒜頭。

「冰箱裡有果汁，口渴的話就自己倒來喝吧。阿姨手上現在都是蒜頭味，沒辦法幫妳倒了。」韓秀瑜回頭看了她一眼，笑咪咪地說道。

「果汁？」正好覺得口渴的謝麗心一聽，眼睛頓時亮了起來，「謝謝阿姨！」

她替自己倒了一杯果汁後，又拿了一個杯子，隨後將第二杯飲料放到桌上。

「謝謝，麗心眞體貼。」韓秀瑜稱讚一聲。

「嘿嘿。」謝麗心撓著臉頰傻笑了下，捧著杯子走出廚房，坐到沙發上。

靠著柔軟的抱枕，她悠閒地打開電視，切換到自己最喜歡看的韓國綜藝節目，正被裡頭的內容逗得哈哈大笑時，突然察覺有人靠近。

謝麗心好奇地抬頭一看，卻發現那是一名相貌嫵媚、嘴角下有顆痣的女人。很陌生，她確定自己不曾見過這個人。

「妳好，我是方茉莉，住在二樓。」女人微笑地伸出手，宛如沁出水的眼角輕輕瞇起。

「啊，妳、妳好。」謝麗心忙不迭也伸出自己的手，和對方握了下，「我叫謝麗心。」

「呵呵，麗心也是來度假的嗎？」方茉莉在她身旁坐下，修長的雙腿交疊，一舉手、一投足都帶著一股魅惑人心的魔力，讓人忍不住多看幾眼。

「對，我跟姊姊一起來的。」知道對方同為民宿房客後，謝麗心態度輕鬆不少，笑咪咪地與她聊起天來，「茉莉姊呢？跟男朋友一起來的嗎？」

「我自己一個人而已。」方茉莉摩挲著手指，紅潤飽滿的嘴唇揚起弧度，「自己一個人比較可以放鬆心情。」

「這樣也不錯啊，一個人很自由，想做什麼就做什麼。」謝麗心附和，視線被方茉莉指甲上的圖案吸引了過去，「茉莉姊的指甲彩繪做得真漂亮，是在哪一家做的啊？」

兩人聊了一會兒美甲的話題，方茉莉就說要先回房洗個澡，晚點再下來。

謝麗心有些意猶未盡，不過想到對方就住二樓，要聊天也不怕沒有機會。

正在播放的綜藝節目剛好進廣告，謝麗心一邊拿著遙控器切換頻道，一邊思索晚一點要不要去海邊走走之際，一陣細碎的說話聲忽地從外頭傳進來。

謝麗心下意識就想到夏春秋、夏蘿和林綾三人，轉過頭去要向他們打招呼，但走進民宿的身影卻大大出乎她的意料。

那是三名身形高瘦的少年。

走在最前頭的少年染著一頭紅髮，相貌俊美，一雙狹長不馴的眼像極了蟄伏著的獸；走在中間的少年紮著長馬尾，神色淡漠，周身散發出一股難以親近的氣質；墊後的少年有一張秀氣的臉孔，眼睛彎彎的，看起來像是隨時在微笑的樣子。

謝麗心發出小小聲的「哇喔」，興奮得臉蛋都紅了，視線根本捨不得離開為首的紅髮少年。

「請問你們是來住宿的嗎？」她忙不迭站起身，懷裡還揣著一顆抱枕，確認這個模樣會讓自己看起來更加害羞甜美。

「呵呵，是啊，我們有預約了。」回答問題的是相貌秀氣的那名少年，他從後面擠到前頭來，細長的眸子彎起，笑容可掬地打著招呼。

「這樣啊，那我幫你們喊一下老闆娘。」雖然惋惜接話的不是那名紅髮少年，但謝麗心還是朝他甜甜一笑。

她正準備走進廚房向韓秀瑜提醒一下有客人到來，然而門外再次傳來的人聲卻止住她的步伐，讓她下意識看向門口。

當夏春秋牽著妹妹夏蘿的手走進民宿時，佇立在客廳的四道身影同時轉過頭來。

一下子面對這麼多的視線，讓他反射性後退一步，差點就要脫口說出「對、對不起，打擾了」，但還沒等他說出這句話，外表秀氣、有著一雙狐狸眼的少年，已經興高采烈地朝他揮揮手。

「小夏、小夏，人家來看你了。」

「花花？」夏春秋眨了眨眼，瞬間還以爲自己出現了幻覺，但不管怎麼看，面前那笑得燦爛的少年正是他的同學花忍冬沒錯，「你們不是晚上才到？小葉和歐陽沒有一起來嗎？」

「我們提早出發了。至於歐陽和小葉，他們有事回家一趟。」紮著長馬尾的左容淡淡一笑，中性的臉龐頓時褪去不少難以親近的氣息。

「唷，小不點。」一頭紅髮的左易咧開嘴，露出森白的牙齒，那雙不馴的眼角微微上揚著。

「小易。」夏蘿仰起蒼白的小臉，語氣軟糯地向他們打了招呼，「忍冬哥哥，左容姊姊。」

「哎呀哎呀，小蘿好乖，被叫哥哥的感覺眞不錯。」花忍冬喜孜孜地說道，完全無視左易冷冷射過來的視線。

反倒是一旁的謝麗心在聽見夏蘿對他們的稱呼之後，不禁倒抽一口氣，一雙眼睛瞪得大大的，一副不敢置信的模樣。

「左容……姊姊？」她愣然地看向左容那張中性俊美的臉龐，又看了看她修長高挑的身形，嘴唇張了又闔，表情就像鴿子被彈弓打到一樣。

已經習慣左容每次在性別被揭露時總會帶來的驚呼——事實上，花忍冬一度還非常懷疑，夏春秋是怎麼一眼就辨認出左容的性別——他看也不看一臉呆愣的謝麗心，眼神反倒熱切地望向夏春秋，「小夏，林綾呢？怎麼沒看到她？人家很想她呢。」

「她、她在後面。」夏春秋側過身，讓花忍冬可以清楚看到後方的林綾正悠閒地邊走邊看天空。

彷彿察覺到民宿門口的騷動，林綾瞇起一雙如水般的眸子，唇邊也揚起笑，「怎麼了，一群人擠在門口？先去沙發上坐吧，你們嚇到謝同學了。」

一聽到自己被提及，謝麗心尷尬地紅著臉，眼神完全不敢向左容瞥去，連忙向林綾搖搖手，「沒事沒事，你們慢慢聊，我先上去了。」

謝麗心拋下這句話，又偷偷瞄了左易一眼，這才滿臉通紅地跑上樓。

謝麗心剛離開，原本待在廚房的韓秀瑜剛好探出頭來，在望見客廳內突然多出好幾個人後，一雙秀美的眼頓時睜大。

「媽媽，這三位也是我的同學。」林綾微笑地走向母親，替花忍冬三人做了簡單的介紹，「他們特地來黑岩村玩。」

「母、母親大人，您好！」花忍冬慌慌張張地朝韓秀瑜打招呼，只是那稱呼怎麼聽怎麼怪。

「花花，坐下。」林綾看了他一眼。

花忍冬立即順從地坐在沙發上，兩隻手擺在膝蓋上，擺出一副正襟危坐的姿勢。

「呵呵，不用那麼客氣。你們難得來到這裡，這次的食宿就由我們招待吧。」韓秀瑜笑瞇了一雙眸子。

「謝謝阿姨。」左容有禮地低頭致謝，就連左易也斂去臉上的張狂神色，中規中矩地道了一聲謝。

「你們慢聊，我去裡面準備晚餐。」韓秀瑜微笑地對幾個大孩子說道，走進廚房沒多久後，她又探出頭來，囑咐著林綾，「妹妹，今晚訂房的客人臨時更改時間，不會過來了，妳就將那兩間房給妳同學吧。」

「好的，媽媽。」林綾輕聲應道，似乎可以聽到花忍冬露骨地鬆了一口氣的聲音。

在場的人都知道，如果今晚只剩一間空房，花忍冬勢必要跟左易同房了，而這也是他最不想面對的事。畢竟左易個性桀驁不馴，一不小心惹到他，被拖去直接痛揍一頓都有可能。

「既然有兩間空房，那我就跟左易睡同一間吧。」左容平淡地開口。

「那夏蘿晚上可以過去玩嗎？」夏蘿細聲細氣地問道，「小姑姑要寫稿，夏蘿不想吵她。」

「小蘿也可以來找人家玩啊。」花忍冬笑嘻嘻地說，「可以跟小蘿玩枕頭大戰喔。」

夏蘿臉上雖然沒有什麼表情，但是一雙大眼睛卻亮了起來，眨也不眨地瞅著花忍冬，同時還伸手拉拉兄長的衣角。

這個動作的意思是：哥哥一起來玩枕頭大戰。

「呼呼，左易、左容，要不要一起來我房間啊？不玩枕頭大戰還是可以打牌聊天喔。」

花忍冬挑高秀氣的眉毛，終於有了替自己扳回一城的感覺。

「嘖，去就去。」左易瞥向一臉期待的夏蘿，在對上那雙閃閃發亮的大眼睛後，他沒好氣地咂了咂舌。

「玩通宵也沒關係。」左容的聲音不疾不徐，細長的眼淡淡掃過花忍冬，揚起了一抹絕對稱不上善意的淺淺弧度。

花忍冬背部一寒，瞬間浮現危機感，下意識就往夏蘿身邊靠過去，這個舉動自然又換來左易的一記刀子眼。

林綾微笑地看著鬧成一團的同學，安靜地坐在一邊。接著，她像是聽到什麼聲音，忽地側過頭看向樓梯，那雙深邃的眼眸頓時映入了兄長林霖的身影。

林綾安靜地注視對方，沾在唇邊的笑意依舊恬淡，然而林霖卻突然繃著臉，頭也不回地走回樓上。

這個小插曲，夏春秋等人並沒有發現。

帶著煩躁感的腳步聲在樓梯上響起，林霖板著臉，大步走回位在三樓的房間。剛轉開門把，就聽見海浪拍打礁岩的聲音一波波傳來，掛在窗邊的白色紗簾不時被海風掀起，發出啪沙啪沙的聲響。

林霖厭煩地皺了皺眉，關上窗戶，房間頓時回歸一片寧靜。

隔著玻璃窗注視外頭的海洋數秒，他又收回視線，轉身將背部抵在玻璃窗上，隨手拿起桌上的遙控器，任意挑選一個新聞頻道後，便任由女主播字正腔圓的聲音迴盪在房間裡。

林霖心情不太愉快。過了十二點就是他二十七歲的生日，家人不記得也就算了，反正他本來就沒有慶祝的習慣。想下樓弄些東西吃，卻在走到一樓時，聽到客廳裡傳來的吵鬧聲。一群年輕的大孩子待在沙發區，肆無忌憚地笑鬧著，而林綾則坐在一旁，笑盈盈地看著他們，那模樣是如此地放鬆自然。

雖然兩人是有著血緣關係的兄妹，但林綾並不是特別與他親近——或許是兩人年齡相差太多的關係。

林霖每次都用這個理由說服自己，但一面對這個比他小上十多歲的妹妹，他就會不自禁地煩躁起來。

林綾總是掛著恬淡的笑容，以彷彿洞悉一切的眼神注視所有事物，成熟得不像個十六歲的少女，既不主動靠近，也難以讓人接近。

神祕的、讓人捉摸不定的，他的妹妹。

因此，林霖一直以爲除了父母親之外，鮮少有人可以親近林綾，然而方才見到的畫面，卻打破了他的想法。

原來林綾也會對其他人溫柔地微笑，那愉快的情緒讓她看起來不再難以接近，卻讓林霖覺得刺眼萬分。

一股莫名其妙的焦躁感從剛剛開始就盤踞在心底，林霖皺著眉，手指習慣性地就要拿起放在桌上的香菸。

就在這時，床頭櫃上的電話忽地響了起來，林霖咂了下舌，放棄抽菸的念頭，大步走到床前，接起響個不停的電話。

「喂？」他不耐煩地說，話筒那端傳來了溫婉的笑聲，像是絲毫不在意他的態度。

「阿霖啊，下來吃飯囉。」

韓秀瑜嗓音溫和，依稀可以想像，從樓下打內線電話上來的她，應該正是一副笑盈盈的溫柔樣子。

「我不餓。」母親的聲音讓林霖眉頭稍稍鬆開一些，說話的語氣也不再那麼冷硬。

「哎，怎麼可以不吃晚餐呢？飲食習慣不正常的話，對身體不好。」韓秀瑜輕聲地叨唸幾句，隨即又話鋒一轉，「這樣吧，我叫妹妹幫你端上去。」

一想起紮著長辮子、膚色白皙如陶瓷的林綾，林霖頓時又擰起眉毛，但那股從心底微微竄出的緊張感又是怎麼回事？

他緊了緊置在身側的左手，與母親又說了幾句話後才掛掉電話，慜在胸口的氣息也終於吐了出來。

林霖坐在床沿，抬手摘掉眼鏡，揉了揉眉間，就這樣聽著新聞女主播的聲音發呆了好幾分鐘。直到門外響起輕輕的敲門聲，他才猛地回過神來。

林霖匆匆戴上眼鏡，來到門前，深呼吸一口氣，有些壓抑到泛出青筋的手指搭上門把，喀啦一聲轉動。

然而，出現在門口的並不是膚色雪白、知性秀美的少女，而是相貌秀氣、一雙細長眸子彎起，讓人聯想到狐狸眼睛的少年。

「哥哥你好，人家幫林綾送晚餐過來。」少年笑容可掬地說道，正是前些時候林霖在客廳裡看到的花忍冬。

林霖瞬間有種被澆了冷水的感覺，尤其在聽到對方的自稱詞，他不禁厭惡地擰起眉毛，特意避開花忍冬的手，接過擺滿飯菜的托盤。

然後，他狀似漫不經心地打量眼前的少年幾眼，眼裡滑過一抹輕蔑。

「男孩子沒有男孩子的樣子，不覺得可恥嗎？」

面對絲毫不帶善意的句子，花忍冬一點也不在意，依舊一副笑嘻嘻的模樣，朝林霖擺了擺手。

「不會啦，哥哥，人家不在意這種事的。而且林綾也跟人家說，保持原來的樣子就好，不須特地改變自己。」

被比小了自己十多歲的少年回了一個軟釘子，又從他口中聽到林綾的名字，林霖的心情更加不好了。

花忍冬彷彿沒看見林霖繃著一張臉、面色不善地瞪著自己，他彎了彎細長的眼睛，笑容滿面地說道，「哥哥請好好享用晚餐喔，人家不吵你了。」

林霖沒有搭腔，只是不悅地瞥了他一眼，單手端著托盤，空出的一隻手關上房門，將花忍冬的笑臉阻隔在外。

外頭腳步聲漸漸遠去，林霖惱怒地將托盤放在桌上，飯菜的香味並沒有引起他的食欲，相反地，他只覺得胃部像是泛著酸，表情變得扭曲起來。

重重地將身子拋在床鋪上，林霖將眼鏡摘掉放在一旁，雙手枕在腦袋下，如同要平復躁動心緒般地閉上眼。

電視裡的女主播依舊盡責地播報新聞，但悅耳的嗓音卻在不知不覺間變得模糊，彷彿聲音被隔一了層薄紗似的，最後只剩下幾個糊成一團的字句傳進林霖耳裡。

林霖原本只是想假寐一下，然而一股倦意卻在沒注意的時候席捲了他的意識。渾身上下懶洋洋的，雖然想提動一下四肢，身體卻不聽從他的指揮，周身彷彿被一層疲憊籠罩，最後終於昏昏沉沉地陷入了夢境。

那是一個被幽暗色彩包圍的夢，放眼所見都像被覆上了朦朧的薄紗，讓林霖看不真切，只能怔然地待在原地。

然後，周圍顏色漸漸變得灰暗，彷彿有人打翻了調色盤，將所有顏色都混雜在一起，由深灰、灰黑，逐漸化成純然的黑暗。

當視網膜被一片鋪天蓋地的黑色攫取，林霖頓時反射性地僵住背脊，右手緊握成拳。他看不見自己的身體，看不見四周景色，甚至連本身的存在都在一瞬間遭到了質疑。若非自己的身體還有知覺，還能隨他的意志而動作，林霖不禁要懷疑，存在這片黑色之中的是他完整的個體，抑或只是意識？

周遭很安靜，原本不該察覺到的呼吸聲與心跳聲，這時變得異常清晰，如同要震破耳膜似的——林霖知道這只是他的心理作用。他深呼吸一口氣，試圖平緩紊亂的心緒，然而一聲砰的輕響，卻讓他背部震了一下，慌慌張張地轉頭四處張望。

當然，除了一片幽黑之外，他什麼也看不見。

砰！那個如同拍打似的聲音又傳來了，林霖捏緊右拳，小心翼翼地邁開第一步，確定腳下踏的是堅實的地面後，再跨出第二步。

砰砰砰砰！一連好幾下拍打的聲音似近似遠地傳來，林霖大略抓了抓聲音的方向，又走了好幾步。

「誰在那裡？」他拉高嗓音問。

下一秒，那陣拍打聲停了下來，隨之而來的卻是一道帶著哽咽的童音。像小女孩又像小男孩的哭聲，抽抽搭搭地響起。

林霖身體僵了一下，他雖然抬起腳，卻始終無法踏出下一步。

「嗚嗚……放我出去……這裡好暗、好可怕……」抽噎的童聲斷斷續續，彷彿隨時會哽到喉嚨似的，不時傳出幾聲吸鼻子的聲音。

林霖僵硬地吞了吞口水，喉結上下滾動，細細的哭聲就像一根根尖刺的針，不斷扎進他的聽覺神經。

不知道是男孩還是女孩的哭聲由小變大，然而原先砰砰砰拍打的聲音卻變得微弱起來，伴隨而來的是如同貓撓著東西的耙抓聲。

尖銳得，讓人背部起了一層顫慄。

林霖聽過這種聲音，他小時候曾好奇地用指甲刮硬物表面，就會製造出類似聲響。每次聽到，總會忍不住渾身起雞皮疙瘩。

究竟是怎樣的情況，會讓小孩子邊哭邊製造出這種聲音？林霖不敢再往下想，更正確來說，內心有個聲音不斷阻止他，不許他再繼續探究下去。

爲什麼，不許探究下去？

林霖愣怔地聽著尖銳的刮擦聲、小孩抽噎的哭喊聲，他的頭不禁痛了起來，只能緊緊地按壓太陽穴，試圖舒緩突然竄出的痛楚。

好不容易稍稍壓下不舒服的感覺，林霖踉蹌地向前走了幾步，然而雙腳卻像是絆到什麼東西似的，整個人狼狽地跌在某個硬物上。

身體被磕到的刺痛讓他皺起眉頭，手掌反射性摸索著身下之物。那觸感、那形狀，就像是個長方形的箱子。

林霖驚駭地發現，那不知是男孩還是女孩的啜泣聲，正從箱子裡滲出來……

三樓房間裡，謝麗心懶洋洋地趴在床上，一手托著臉頰，一手滑著手機。

窗外一片漆黑，九點過後的沙灘上沒什麼人，安安靜靜的，聽不見人聲，只有海浪拍打上岸的聲音，規律地自未關上的窗外湧入。

謝麗雅正在洗澡，浴室裡傳出嘩啦啦的水聲。

就在這時，謝麗心忽然露出狐疑的表情，確定自己真的聽見房裡響起了歌聲。

「暫停鍵在哪裡？」她知道有些網頁會內嵌背景音樂，所以下意識認為歌聲是來自於此刻她正在看的部落格。

只是那聲音聽起來有些不真切，模模糊糊的，謝麗心一時聽不出究竟是什麼歌，好奇地將手機貼到耳邊，沒想到什麼聲音也沒有。

歌聲仍持續著，可是源頭卻不是來自手機。

謝麗心愣了一下，她發現歌聲比方才清晰多了，而且是從左側傳來的。

她反射性朝左側看去，然後露出了一個「不會吧」的吃驚表情。

左側是浴室，謝麗雅正在浴室裡面洗澡。

「真是的，姊的心情也太好了吧……居然還唱起歌來？」謝麗心咕噥道，旋即揚高聲音，「姊，妳是唱什麼歌啊？」

也不知道是不是因為隔著門加上水聲的影響，謝麗雅沒聽到妹妹的問話，抑或是謝麗雅其實聽見了，卻又懶得回答。總之，浴室中沒傳出任何回應，反倒是歌聲越發清晰了起來。

這下子，謝麗心可聽得相當清楚了，原來那是一首大人小孩都耳熟能詳的童謠。

「妹妹揹著洋娃娃，走到花園來看花，娃娃哭了叫媽媽，樹上小鳥笑哈哈……」

「咦咦咦？不會吧？姊唱這麼幼稚的歌？」謝麗心吃驚過後，忍不住想要大笑。她現在才知道，自己的姊姊會在洗澡時唱兒歌。

一邊竊竊地笑著，一邊在群組裡與朋友分享這個小八卦，謝麗心在想，要不要乾脆將歌錄下來，之後就可以拿來嘲笑姊姊了。

然而歌聲倏地中斷了，浴室門開啓的聲音進入耳內。

謝麗心見自家姊姊抱著髒衣服走出來，長長的頭髮用大毛巾包纏住，身周盡是氤氳的白氣，由此可知浴室內的溫度有多高。

「欸，姊，原來妳會在洗澡時唱歌耶。」

「什麼？」謝麗雅不明白妹妹的問話，拋了個疑問句回去。

「妳剛不是在唱歌嗎？而且還唱『妹妹揹著洋娃娃』，這歌也太幼稚了啦，好歹唱點流行歌嘛！」謝麗心皺皺鼻尖。

「什麼？」謝麗雅轉過身來，望著自己的妹妹，那張帶有古典美的白皙面容上露出了詫異，「妳說唱歌？我剛可沒有唱呀。」

「咦？可是我真的聽到歌聲從左邊……」謝麗心說到一半又停了下來，她抱著枕頭滾動半圈，改成側躺的姿勢，「對喔，我們旁邊有住人，那可能是隔壁房唱的吧。」

謝麗心想到了同住在三樓的小女孩，長長的頭髮，黑黑的眼睛。

一直到這一夜結束，歌聲都沒有再響起。

夜深人靜。

濃闃的黑夜覆蓋了整片天空，就連下方的大海也因此被渲染成黑藍色。海與天空幾乎分不出彼此的界限，遠遠望去，只覺得是龐大而無邊際的黑暗阻絕在前。

與白日的喧囂相反，深夜的海濱可說是截然不同的寂靜，唯有浪濤不斷拍湧上來、再緩緩退回的聲音。

矗立在沿海地區的藍白建築物，也同樣被這片寂靜包圍。

這棟三層樓高的民宿，大半燈火都已熄滅，從窗扇內透出來的是一片黑暗，顯示房裡的人們已然熟睡。

在這般情況下，一扇猶然亮著燈光的窗，看起來便格外地顯目。

這扇在深夜中依然透出燈光的窗戶，位在民宿二樓。

方茉莉還沒睡，她依然醒著。

鵝黃色燈光將房裡映照得一片暖亮，跪坐在地板上的方茉莉絲毫不在意此刻已是深夜時分，她專注並且愉悅地進行著手中的事。

沒錯，就是愉悅。

這名不管眼神或是姿態，都給人嫵媚感覺的美麗女人，正用一種奇異的愉悅心情，檢閱筆電資料夾裡的相片。

方茉莉低垂著頭，白皙的脖子與肩膀形成動人的弧度，一頭短髮帶著沐浴過後的水氣，在燈光照射下更顯現出光澤。

梳妝台上正擱著一頂黑色假髮。

誰都沒有想到，這名住在民宿二樓的女房客，刻意營造自己留著長鬈髮的假象。

方茉莉看著一張張相片，她的眉在笑、眼在笑、唇在笑，就連唇角下方的黑色小痣，都彷彿因爲感染到那份笑意，讓整張白皙面龐綻放出異樣的妖嬈光彩。

時間是深夜時分。

方茉莉房內燈光大亮，外邊的海浪則是繼續靜靜地湧上再退下。

這名專注並心情愉悅地看著筆電螢幕的女人，不會發現原本被黑藍色佔據的窗戶外，這一刻，多了一團黑影。

那黑影有著人的形狀，細細瘦瘦，如同沒有長開的孩子，臉龐部位咧出一道口子，彎成了上弦月的形狀。

二樓，在沒有任何地方可以踩踏的窗戶外，那道黑影半身貼靠在玻璃窗上，像是在靜靜朝房內窺視……

第四章

黑岩村外圍海水清澈透明，藍得彷彿可以一眼窺見裡頭的生物，周圍海域還有大片珊瑚礁及黑色岩石，映襯著被陽光曬得炫目的海灘，如畫一般。

美麗的海岸風情自然吸引不少觀光客前來遊玩，而夏舒雁也很乾脆地將她的一雙姪子、姪女趕出民宿房間。

「小姑姑都特地帶你們來這裡，若不去游個泳、挖個貝殼，揮霍一下青春，就太浪費了。記得曬黑一點再回來啊！」

這番話讓夏春秋哭笑不得，但還是依夏舒雁所言，帶著妹妹去沙灘上走走，結果出門時恰好碰上花忍冬，於是原本的兩人小隊瞬間擴充爲六人小隊。

走在最前方的左易雖然只穿著海灘褲、套著一件短袖外套，腳上甚至還踩了雙拖鞋，但那頭顯目的紅髮及俊美的臉孔，讓他從一出現就飽受女性遊客的注目，不時還可以聽見那帶著興奮感的竊竊私語。

至於落在左易身後一步的左容也不遑多讓，她因爲肩膀上有傷，所以沒有換上泳衣，而是簡單的休閒服打扮，不過中性的英氣相貌與一身淡漠的氣息，同樣引來不少女孩的注目。

「根本就是女性殺手嘛。」花忍冬嘖嘖有聲，他也穿著海灘褲加短袖外套，露出了一雙纖細白淨的手臂。

然而與他看似文弱的外表完全相反，卻是輕而易舉地用單手提著一把巨大遮陽傘，踏在沙灘上的步伐輕巧俐落，好似沒有受到半點阻礙。

瞧了眼前左家姊弟一眼後，花忍冬便不感興趣地收回視線，轉而想要不著痕跡地挨向正與夏春秋說話的林綾。

原本以爲依林綾的個性應該會穿著保守的連身泳衣，沒想到卻是三件式荷葉細肩帶比基尼，看得花忍冬幾乎要移不開眼了。

「花花，過去一點，你的傘會妨礙到我們。」林綾浮現淺淺笑意，彎起一雙剔透的眸子，語調輕柔地說道。

「沒關係，人家換手拿就可以。」

花忍冬毫不費力地將巨大遮陽傘換至左手，那遊刃有餘的姿態，讓夏春秋羨慕不已。

比起雖然同年齡，但身材勁瘦結實的左易，以及外貌秀氣，卻一身怪力的花忍冬，夏春秋覺得自己眞像是發育不良。

低頭看了看自己瘦弱的身形，他忍不住沮喪地嘆了口氣。這聲嘆氣落在被他牽著走的妹妹耳裡，頓時讓那雙幽黑的大眼睛不解地看過來。

「哥哥怎麼了？」夏蘿困惑地歪著頭，深藍色泳衣襯得她的肌膚越加蒼白，爲遮擋陽光而戴在頭上的大草帽也因爲歪頭的動作而險些滑了下來。

「沒事、沒事。」夏春秋晃掉腦海裡亂七八糟的思緒，幫妹妹扶正草帽，再將繫在脖子處的細繩調整了下。

「記得不要將帽子拿下來，不然很容易中暑。」

「夏蘿知道。」小女孩點點頭，仰著小腦袋看向兄長，「哥哥也要小心，不可以中暑，不然小姑姑會家暴你的。」

「咿！」一想到自己容易中暑的糟糕體質，夏春秋忍不住發出細細悲鳴。老實說，他總覺得今天的陽光特別毒辣，背部有種灼燒似的燙。

瞧見他頹喪的樣子，花忍冬笑嘻嘻說道：「小夏你不用擔心喔，人家也會刮痧。」

「與其被你刮，小夏應該會覺得被小姑姑家暴比較好一點。」林綾唇邊的笑意就像春天的風一樣和煦。

「呵呵，林綾眞是的，人家才不會對小夏怎樣的。」花忍冬害羞地擺了擺空著的那手。

夏春秋將視線落到花忍冬提著超大型遮陽傘的左手，隨即吞了吞口水，默默與他拉開點距離。

「討厭啦，小夏。」花忍冬笑得越發無辜，一雙狐狸眼彎彎的，看起來多麼人畜無害。

夏春秋想到宿舍裡被拆下來的門板，忍不住打了個激靈。

因爲幾個人邊走邊說話，與前方的左容、左易逐漸拉開距離。就在這時，一道活潑輕快的嗓音忽地從右側傳來。

「林綾、小夏。」

夏春秋與林綾轉頭一看，見到一名有著褐色齊肩髮髮的女孩，正對他們大力揮著手，穿在身上的粉紅色連身泳衣，襯得她更加青春甜美。

「妳好，謝同學。」夏春秋靦腆地向她打了個招呼。

「謝同學來游泳的嗎？」林綾微微一笑。

「不用那麼客氣啦，叫我麗心就可以了。」謝麗心自然而然地走到夏春秋的另一邊，「其實我不會游泳啦，就只是想應個景，穿一下泳裝，如果能找到人教我游泳就更好了。」

林綾的視線滑向一旁的花忍冬，只見那名秀氣的少年回給她一抹燦爛的笑，還不忘對她眨了下眼。

那記眼神的意思不外乎是：人家會游泳，但是人家不想教。

夏春秋自是沒有注意到兩人之間的小動作，謝麗心的熱絡讓他有些不知所措，想要試著不著痕跡地與她拉開一點距離，實在是靠得太近了。

但對方似乎沒有發現夏春秋的窘迫，他往左靠，她也跟著往左移，鍥而不捨地向他打探左容與左易的情報。

當左容回過頭想要確認夏春秋等人的距離時，就看到謝麗心與他挨得極近，正興高采烈地說著什麼。

注意到左容停頓得有些久，左易也跟著轉頭看去，他雙手插在口袋裡，看著與夏春秋並肩而行的謝麗心，又瞟了左容一眼，不懷好意地咧嘴一笑。

「別擔心，至少妳站在小矮子身邊看起來像是他的男朋友。」

「至於你，站在小蘿身邊則像是誘拐兒童的。」左容不疾不緩地說道，平靜的語氣暗含十足的回擊力道。

「妳這傢伙！」左易吊高眉毛，惡狠狠地瞪著她。

「如何？」左容雙手環胸。她雖然比左易矮了幾公分，但威凜的氣勢讓她與對方對峙時，一點兒也不落下風。

「來比一場。」左易用大拇指比了比海面。

「正合我意。」左容毫不猶豫地邁開步子。

謝麗心雖然在與夏春秋說話，但視線其實盯著前方的左家雙子，見兩人停滯一會兒後，忽然朝海邊走去，忍不住眼睛一亮。

「左容跟左易是要去游泳嗎？我去問問他們之中有誰可以教我。」

「咦？」夏春秋反射性地抬頭望去。

看到海水已淹過左容的腳踝，而對方還要繼續往前走時，他忙不迭鬆開夏蘿的手，朝後頭拋下一句「林綾，幫我顧一下小蘿」，隨即以比謝麗心還要快的速度衝出去。

「左容！停下來，妳身上有傷口，不能碰水的！」

深怕左容做出什麼傻事，夏春秋情急之下從後方一把抱住她的腰，說什麼都不肯再讓她前進一步。

「春秋？」突然的肢體接觸讓左容反射性繃住身體，但很快地，她便放鬆下來，安安靜靜地任由夏春秋的雙手環住自己。

左易吹了聲口哨，「想不到你還挺大膽的嘛，小矮子。」

「什、什麼？」夏春秋顯然是慢了半拍，還沒有察覺到有哪裡不對，直到懷裡的體溫熨

著他的皮膚，才讓他猛地意識到自己究竟做了什麼。

「哇啊！對、對不起，左容，我、我不是故意的。」夏春秋就像是被燙到般地鬆開手，慌張地與左容拉開距離，不只耳朵發紅，就連臉頰也被一片紅潮瀰漫。

「沒事的，你只是想制止我而已。」左容回過身對他安撫一笑，「你不說，我都忘了自己肩膀上有傷口。」

或許是左容唇邊的笑意太柔軟，夏春秋只覺得自己臉上的熱度越來越高，爲了轉移注意力，不讓自己因爲害羞而自爆，他連忙看向左易，嘴裡的句子就這樣控制不住地通通溜了出來。

「左、左易，你怎麼可以讓左容下水？」

「怪我囉。」左易冷笑地甩了一記眼刀過去，「她都忘了自己受傷的事，我又怎麼可能記得。」

這句話太有道理，夏春秋被堵得一時語塞，尷尬得不知如何是好。

此時，跑得較慢的謝麗心才終於微喘著氣來到幾人身邊，而她的視線第一時間就落在左易身上。

「左易，你可以教我……」

她的話還沒說完，就被左易不客氣地打斷。

「滾開，我跟妳很熟嗎？」

紅髮少年連一眼都欠奉，逕自走過謝麗心身邊，渾然不在意自己粗暴的態度讓對方瞬間漲紅了臉。

「春秋，太陽那麼大，你容易中暑。」左容見狀，主動握住夏春秋的手，拉著他往回走，半點兒不給他逗留的機會，「我們先過去花忍冬那邊吧。」

被置之不理的謝麗心又羞又惱地跺跺腳，眼見三人真的沒有回頭的跡象，終於氣呼呼地跑開了。

花忍冬從民宿帶出來的遮陽傘立於沙灘一隅，傘下鋪著一張藍白相間的格子方巾，方便眾人休憩、聊天、吃東西。

因爲夏蘿年紀最小，所受到的待遇自然是ＶＩＰ等級。夏春秋與左容會牽著她的手到淺灘區一起玩水；左易則是讓她坐在游泳圈裡，推著她到稍微深一點的海面上；林綾會陪著她用沙子堆城堡；花忍冬則是帶她去礁岩附近捉螃蟹。

玩了一整個下午，夏蘿的臉頰被曬得紅撲撲的，一雙黑澈的眼睛亮得像是有點點星光墜入其中。

但不知是不是太陽曬久了，夏春秋注意到正在撿貝殼的妹妹站起身時，小小的身子突然晃了晃。

「小心！」夏春秋急急忙忙地伸手扶住她，「小蘿妳還好嗎？是不是有哪裡不舒服？」

夏蘿抿著小嘴，不解地抬手揉揉額頭，但腦袋裡的刺痛感並沒有消失，就連身子都有溫度突然上升的感覺，彷彿將熱度悶在體內了。

「哥哥中暑的時候會出現什麼症狀？」夏蘿的小手按著太陽穴，想要壓下從身體傳來的不舒服的感覺。

「頭痛，身體悶悶熱熱的。」夏春秋每說一項，就看見夏蘿若有所思地點點頭，他頓時反應過來地張大眼，「小蘿，妳該不會是中暑了吧？」

「夏蘿覺得身體悶悶的，頭還有點痛。」夏蘿不舒服地閉了下眼睛再張開，抓著頭上的大草帽，想要藉此擋住落在臉上的陽光。

「來，小蘿，可以走回去嗎？」

夏蘿點點頭，雖然頭還是暈暈的，但並不妨礙她的行動。

「我先帶妳去找小姑姑刮痧，等妳身體舒服一點之後，再來找花花他們玩。」夏春秋主動接過妹妹提在手中的小水桶，裡面裝了不少漂亮的貝殼。

「夏蘿的貝殼……想要再多找一點做成項鍊的。」要給哥哥。夏蘿小小聲地說，聲音裡帶著沮喪。

「沒關係喔，哥哥明天再帶妳來撿。」夏春秋輕聲哄道，牽著她走回遮陽傘。

傘底下，林綾正低頭翻閱手上的書，花忍冬則盤腿坐在方巾旁，接手了先前還沒有蓋完的沙堡。

「花花。」夏春秋走到他身前，喊了一聲。

「嗯？」有著狐狸眼的少年抬起臉，隨即注意到被夏春秋牽著的小女孩正蹙著眉頭，「小蘿怎麼了嗎？」

「應該是中暑了。」夏春秋心疼地看向強撐起精神的妹妹。

「要不要請我媽刮一下痧？」林綾也關心地望過來。

「啊，沒、沒關係，我找小姑姑就可以了。」夏春秋向林綾投去一記感謝的眼神。

看到夏蘿抿著小嘴忍受著頭痛的模樣，他連忙朝兩人歉意地笑了笑，便帶著妹妹離開了沙灘。

回到民宿，一樓的客廳安安靜靜，平常都會亮著的電視螢幕也一片黑暗。

夏春秋環視四周一眼，發現沒人待在一樓後，雖然對此有點訝異，但目前夏蘿的身體比較重要，他也就不再將注意力放在這件事上頭，帶著她走上樓梯。

被陽光映射一地的三樓走廊亮得不可思議，像是被鍍上一層淺金色薄膜，帶著鹹味的海風不斷從窗戶竄進來。

夏春秋邊走邊從口袋裡掏出房間鑰匙，一陣輕巧的腳步聲正從對面傳來。在那亮到令人瞬間睜不開眼睛的光線中，隱約可見一道纖細優雅的身影。

「那是……？」夏春秋不禁瞇起了眼，想要看清楚朝他們走近的身影。

有著嫵媚外表的女人垂著眼，飽滿紅潤的嘴唇輕抿，像是在思索什麼，嘴角底下的痣似有似無地透出一股妖嬈。

夏春秋記得，那是住在二樓的房客。他正想要點頭向對方打個招呼，女人卻像是沒有注意到他們的存在，只露出了若有所思的神色，自顧自地往前走，卻意外撞上夏蘿。

方茉莉瞬間回過神來，先是愣然地眨了眨眼，瞧見自己撞上人之後，連忙歉意地彎下身，語氣溫軟地向小女孩道歉，「不好意思喔，妹妹。妳有沒有怎麼樣？」

「夏蘿……沒事。」面對方茉莉嫵媚並溫柔的笑容，夏蘿輕搖了搖頭。

「眞的很對不起。」方茉莉揉揉夏蘿的頭髮，抬起頭來朝夏春秋歉意一笑，便與他們擦身而過。

走出幾步後，她又突然回過頭來，長長的髮髮隨著她的動作而輕輕晃動，露出了她優美的側臉。

瞧了夏蘿與夏春秋幾眼，她的嘴唇忍不住彎了彎，漾出溫柔似水的微笑。

正在開門的夏春秋自然沒有察覺到這件事，聽著鑰匙插入鎖孔裡發出開鎖的聲音，他立即轉開門把，踏入房間的同時，開口呼喊夏舒雁。

「小姑姑，小蘿中……」最後一個「暑」字還沒從舌尖上滑出來，映入眼簾的是空無一人的房間，只剩下海浪聲不斷從外頭傳來。

「哥哥，桌上有紙條。」夏蘿拉了拉兄長的衣角，輕聲說道。

「啊，眞的。」夏春秋拿起被壓在桌上的紙條，上頭的豪邁字跡頓時躍入眼底。

給春秋跟小蘿，我去外面尋找靈感了，傍晚就會回來。

「小姑姑眞是的，需要她的時候就不見人影。」夏春秋嘆了口氣，轉身看向妹妹，「小蘿，小姑姑要到傍晚才回來，要不要哥哥先幫妳刮痧？」

夏蘿抿著小嘴，感受了下身體的狀況，隨即搖搖頭，「悶悶熱熱的感覺已經不見了，只剩下頭還有點痛痛的。」

「這樣啊。」聽見妹妹症狀減輕不少，夏春秋不禁鬆了口氣，「那妳先沖個澡，哥哥等下會幫妳吹乾頭髮的。」

夏蘿乖巧地點點頭，到浴室換下泳衣，用熱水沖掉身上的沙子與鹽分，這才頂著一頭濕漉漉的長髮走出來。

夏春秋隨即用大毛巾包住她的頭髮擦了擦，接著又拿起吹風機，悉心吹乾一縷縷髮絲。吹風機的嗡嗡聲響讓夏蘿覺得昏昏欲睡，眼皮要掉不掉的，就連小腦袋也忍不住跟著點啊點。

確認夏蘿的頭髮沒有帶上水氣後，夏春秋將她放在床上，再替她蓋上涼被，仔細拉好被角。

「嗯，溫度很正常。」夏春秋用手背量了夏蘿的體溫後，溫柔說道，「睡吧，哥哥會在這裡陪妳。」

夏蘿闔上眼睛，小手握著兄長的手指，傳進房裡的海浪聲帶著規律的節奏，湧起又退下，湧起又退下，像是一首搖籃曲。

在夏蘿逐漸被睡意擄獲之際，她突然想起方才在走廊上被撞到的事情。不知道爲什麼，當方茉莉的手指碰觸到她的頭髮時，她心底只有一個想法。

好恐怖的人。

夏蘿抓著兄長的手指不自覺地緊了緊，夏春秋感到訝異地望了過去，卻看見夏蘿的眼眸已經閉上了。

夏春秋寵溺一笑，伸手梳理著夏蘿細長的黑色髮絲。窗外射進來的陽光很溫暖，讓他忍不住瞇了瞇眼，張嘴打了個呵欠。

約莫過了十幾分鐘，就在夏春秋的眼皮即將落下時，房外突然傳來叩叩叩的聲響。

夏春秋反射性睜開眼睛、挺直身子，慌慌張張地巡了房間一圈，才發現聲音是從門外傳來的。

有人正在敲門。

他忙不迭抹抹臉，看了一眼陷入夢鄉的妹妹，再輕手輕腳地爬下床，光著腳走到門前打開門。

帶著溫柔微笑的女人捧著兩個馬克杯站在門外，瞧見夏春秋時，嫵媚的眼眸不由得瞇了起來。

「您、您好，請問？」夏春秋疑惑地開口。

「來，這兩杯檸檬水給你跟妹妹。」將馬克杯遞給夏春秋，方茉莉柔聲說道，「我剛剛在走廊上看到妹妹的臉色不太好，就自作主張地弄了比較消暑的飲料。喝下去，身體應該會舒服一點。」

「這、這怎麼好意思。」夏春秋想要婉拒，但方茉莉卻抬手揉了揉他的頭髮。

「大家都同住在這間民宿裡，你不用跟我客氣。如果有什麼問題可以來找我。」

「謝謝您。」面對方茉莉溫柔的笑臉，夏春秋也不好意思再推拒下去，只能紅著臉道謝。

「剛剛爲了先將飲料端給你們，廚房都還沒有收拾，被老闆娘看到就糟了。我先下樓，你們好好休息吧。」方茉莉笑著說完話便轉身離開了。

夏蘿已經睡著了，自然不可能再把她搖醒，夏春秋將她的份放到桌上，自己則是拿著另一杯喝了幾口。

是檸檬水。

差不多喝到了三分之二杯後，夏春秋將杯子往床頭櫃一擱，重新倒回床上，側臥在夏蘿身邊。

房裡彷彿飄蕩著一股懶洋洋的氛圍，他輕搧了幾下睫毛，有好幾次上下眼皮都快打架了，卻又被他強自撐開。

就這樣反覆經過數次，他終於抵擋不住睡意的招手，緩緩闔上眼。迷迷糊糊之際，似乎有聲音從走廊外飄進來，又甜又軟，還帶著未退的稚氣。

「妹妹揹著洋娃娃，走到花園來看花，娃娃哭了叫媽媽，樹上小鳥笑哈哈……」

第五章

這裡沒有光線、沒有影子，純粹的黑暗讓人連自己也看不見。

在深沉到不見五指的幽暗中，有聲音響起。

那是一道童稚尖細卻又淒厲到可怕的高亢音階，幾乎要割裂這片黑暗。

「放我出來……放我出來……」

先是咚咚咚的敲擊聲，然後是宛如磨砂紙的刺耳聲音，但仔細一聽，就會發現那是指甲刮磨在某種物體上的聲音。

「放我出來！」

那聲音尖厲地喊著，但隨著時間一分一秒過去，開始變得微弱，轉成了抽抽搭搭的哭噎聲。

「爸爸……媽媽救我……這裡好可怕，我不要一個人待在這裡……」

充盈著恐懼的嗓音彷彿被東西阻隔住，聽起來模模糊糊的，接著被這片幽暗吸收，逐漸化為虛無。

「嗚……爲什麼不放我出去？」

小手拍打物品的聲音再次響起，但與前幾次相比，卻顯得無力許多，只是一下下，如同垂死掙扎一般的拍打。

在這個被黝黑色彩包圍的空間，除了可以聽到小孩子的抽噎啜泣，還可以隱約聽到粗重的呼吸聲。

男人不知道自己爲什麼會出現在這裡，他也不知道那悲慘的哭泣聲是從哪裡傳來的，只是茫然失措地站在原地，不知該前進還是後退。

完全喪失方向感與能見度的他，不管是向前還是向後，都踏不出一步，誰又能確定哪邊是前方？哪邊是後方？

「是誰？誰在那裡？」男人驚慌失措地喊著，他胡亂轉動脖子，試圖抓出聲音的來源。

奇異的是，明明男人質問的音量極大，但與他同樣處在黑暗中的幼童卻恍若未聞，只是畏懼地低泣著。

「有沒有聽到我說話？」男人不死心地又揚高聲音，但遲遲得不到回應的情況，卻讓他變得焦慮起來，忍不住扯著喉嚨大吼，「不要哭了！你到底躲在哪裡！」

孩童依舊哭泣著，撓著某物的指甲刮擦聲弱了下來，就連悲鳴聲也越來越破碎，彷彿要與黑暗融合在一塊，男人的心跳與呼吸卻不自覺加重。

當僅剩的聲音完全消失後，他該怎麼辦？

男人緊緊攢著手指，指甲刺進了皮膚，帶來刺麻的痛感。他深呼吸一口氣，要自己別去在意那一陣陣的抽噎聲，現在最重要的，是想辦法離開這片該死的黑暗！

男人邁開第一步，腳下傳來的硬實觸感讓他稍微鬆了一口氣，接著繼續踏出第二步、第三步……

但隨著男人的步伐越跨越多，他的背後卻也越發感到冰冷。

爲什麼不管他走了多遠，那悲慘又絕望的啜泣聲還是迴盪在耳邊呢？本來變弱的指甲刮擦聲，不知什麼時候開始，又變得激烈起來。

指甲的主人如同發了瘋似地用力抓著、撓著，尖銳刺耳的嘰嘰聲透過耳膜穿進大腦，讓他頭痛欲裂，腳步不斷加快，想要擺脫可怕詭異的聲響。

男人幾乎用盡全身力氣在奔跑，越跑越快、越跑越快，但屬於幼童的哭聲及指甲刮擦聲非但沒有消失，反而離他更近了。

近得就像在他身前，在他身後，不管左方右方，都有相同聲音傳來。

「爲什麼要把我關起來？我想出去——」

「不關我的事！不是我，不是我！」男人心慌意亂地大喊，冷汗幾乎濕了他的衣服。

他拚命向前跑，但就在跨出下一步之際，腳下一個踏空，身子頓時失速地墜了下去……

砰！物體落地聲猛然驚醒林霖，他的表情一瞬間是空白的，但隨即就意識到自己不小心睡著了。

他捏捏眉心，撿起掉在地上的書，也沒了心思確認先前看到哪一頁，隨手便擱在桌上。

正對著書桌的窗戶外是一片湛藍的天空，海和天乾淨俐落地劃分出一道線，那一道海平線輕易分開了兩個世界。

陽光有點強，但還不至於刺眼。明亮的光線剛好替房間補足了照明，省了開燈的動作。

林霖會選擇這間房，主要也是相中這一點。只不過一想到家裡屬於自己的房間已經成了儲藏室，他又忍不住皺眉。

雖然他因為在外地工作、不常回來，可林霖怎樣也沒想到，當他回到家，打開自己的房門時，迎接他的居然是一堆雜七雜八的物品。

林霖都要以為自己其實是走錯地方了。

就算房間中央的床鋪尚未被雜物佔領，但他說什麼也不想要睡在一個像儲藏室的地方，更不用說，因爲鮮少使用，房間裡頭瀰漫著一股空氣不流通的霉味。

聽到是妹妹林綾將東西堆放在他的房間，林霖幾乎是以一種賭氣的心態租下三樓客房。當他拿出房錢交給母親時，對方臉上詫異又無可奈何的表情，頓時讓他稍微平衡了下心情。

但最近這幾天，林霖的睡眠品質實在稱不上太好，反覆出現的惡夢、在夢境中哭喊的小孩，以及宛如指甲抓撓硬物的刺耳聲，讓他常常在半夜驚醒。

就連方才，只是看書看到一半打了盹，也作了讓人心情不愉快的夢。

林霖甩掉心中的不舒服，乾脆站起身，決定離開房間，到外面走走晃晃。

門一開，一道矮小的身影忽然從他身前跑過去，紅色的洋裝裙襬晃蕩著，咚咚咚的奔跑聲在安靜的三樓顯得格外清晰。

那是個黑髮白膚的小女孩，因爲低著頭奔跑，看不清楚臉，但林霖隱約可以窺見她懷裡抱著一尊穿著同樣顏色衣服的人偶。

小女孩很快地跑下樓梯，在一陣如風般的聲響過後，留給走廊一片安靜。

「眞是冒失。」林霖皺眉，下意識看向靠近陽台的客房。他記得，那間客房裡的確有一名小女孩。

然後，林霖又想到了同住在那間客房裡的夏舒雁，他唇角不以爲然地一撇。在他看來，專門寫一些怪力亂神內容的故事，未免太過荒謬可笑。

這世上哪來那種不科學的存在？林霖在心中嘲諷。

收回視線，他走下樓梯，腳步聲成爲空間裡唯一的聲響。

來到二樓，這裡也是一片悄然無聲。

林霖想起有個女客人入住在二樓，不知道是不是已經離開了。

不過他也沒有太在意——他對不感興趣的事，向來不會放在心上——繼續往下走，很快就來到一樓的樓梯轉角處。

與此同時，一抹曼妙身影正好走上來。

「你好。」長鬈髮女人友善地與他打著招呼，紅潤的嘴唇彎起，有種嫵媚的感覺。

林霖有些冷淡地點點頭，他一向不把陌生人放在心上，反正也只是兩條不相關的平行線而已。

因此，在與方茉莉擦身而過時，他並沒有發覺對方映在牆面上的影子正微微晃動著。

也許是光線照射角度因素，就算方茉莉已走上二樓，映在牆面上的影子依舊被留在了後頭。

低垂著頭，背上還趴著另一團黑影的女人影子。

細細的手、細細的腳，那團黑影看起來不像是成年人，更像是剛要抽長四肢的大孩子。牆上黑影將消失於轉角的那剎那，較小的影子忽然扭過頭，在臉孔位置上咧出一個大大的嘴巴，那是個歪斜的笑……

林霖走到一樓，出乎意料地，客廳裡沒有看到任何人。他左右環視一下，大門是敞開的，陽光和浪濤聲一塊湧了進來。

除此之外，沒有其餘聲響。

「媽？」林霖喊了一聲，但回應他的只有滿屋子的安靜。

林霖抱持著疑惑走向廚房，平常母親如果不在客廳，大都會待在裡頭處理食材。當他把頭探進廚房後，卻沒有看見母親的身影，反倒聞到了一股淡淡的檸檬味。

想起剛剛擦身而過的女人，林霖推測，方才使用廚房的人或許是她。

林霖漫不經心地將視線收回來，原本打算到海邊走走，可看見門口處那一片燦爛的陽光，頓時又改變主意。他繞過沙發後用來充當屏風的盆栽，拐進走廊，看見母親房間的門半掩著。

林霖輕輕將房門推開一些，看到原本以爲不見蹤影的母親正躺在床上午睡，秀美的臉孔寧靜安詳。

於是林霖直接關上房門，不讓走廊上的雜音跑進裡頭，接著繼續向前走。

一樓走廊上共有三間房，第一間是母親的房間，第二間是妹妹林綾的房間，而林霖以前住的房間，就在走廊底。

房門當然是關上的，林霖握住金屬門把，輕輕一轉，將門往裡邊推開。

由於不少雜物堆在窗邊，所以窗外日光被遮去了大半，使得房間顯得有些昏暗，但並不妨礙能見度。

林霖一打開門時，一股霉味迎面撲來，他忍不住咳了幾聲、伸手揮揮，覺得不那麼難受後才踏進房裡，房門虛掩著。

從一縷縷射進來的光線中，還可以瞧見飄浮的細微塵粒，使得整間房莫名有種奇異的朦朧感。

林霖覺得自己像是不經意跌入了一條湧動的時光之河，他在鋪著防塵套的床邊坐下，從口袋裡掏出香菸，點燃後緩緩吸了一口。

彷彿對這個地方感到懷念似地四處看了看，不論是地板、書桌或是櫃子上，都堆滿了雜物，有不少東西還是屬於林綾的。

林綾。

林霖想起他的妹妹，想起他們小時候的事。

和現在神色恬淡，笑中帶著一絲疏離的林綾不同，年幼時的林綾相當黏他，簡直像是他身後的一條小尾巴，走到哪、跟到哪。

而當時的林綾，最喜歡纏著他一起玩，總是甜甜地喊著：我以後要嫁給哥哥。

林霖不知道自己怎麼會突然想起這些事，但有了開頭，過去的景象便自然而然地在腦海中勾勒出來。

是的，捉迷藏。林霖有些訝異自己還記得如此清楚，那都是多年前的事了。他記得父親在後山的工作室，記得纏著自己玩捉迷藏或家家酒的妹妹。

木造的大房子被陽光曬得反射出和煦光澤，大片樹蔭落在地面。山林中的風徐徐拂來，可以隱約聽見屋內傳出的刻鑿聲音，一下接著一下。

皮膚白皙的小女孩睜著亮晶晶的眸子，抓住一臉不耐煩的少年的衣角，露出甜甜的笑容。

「哥哥，陪人家玩捉迷藏！」

「林綾最喜歡哥哥了，長大後，要嫁給哥哥當新娘子。」

童稚嬌軟的嗓音彷彿再次在耳邊響起，像鳥類拍打翅膀般輕快。

「這種事……等我二十七歲再說吧。」

林霖記得自己總是敷衍著這麼說，對十來歲的自己而言，二十七是一個遙遠的數字，還有十年那麼久。

現在想想，他今天正好滿二十七歲了。

林霖閉上眼，還是不知道自己怎麼了，爲什麼會突然想起那些以爲應該已經遺忘的往事，他只能怔怔地坐在床上，放任自己待在這個房間裡。

蔚藍海岸民宿與沙灘距離很近，因此謝麗心玩得一身濕之後，便直接在泳衣外裹上一條大浴巾，婉拒了想要送她回來的男孩子，踩著夾腳拖回到民宿。

洗澡時，嘩啦啦的水聲都沒能吵醒正在睡午覺的謝麗雅。

「姊睡得還眞是沉。」謝麗心皺皺鼻子，盯著姊姊恬靜婉約的睡顏半晌，證實了睡著的人根本感受不到所謂的注視感。她吐吐舌頭，放棄這個幼稚的遊戲，拿著手機跑到走廊上。

從走廊欄杆往下望去，可以看見大廳局部，有誰回來都可一目瞭然。

謝麗心將手肘撐在欄杆上，手指俐落地在螢幕上滑動，時而回覆LINE群組，時而在記事本上打著字。

她之所以待在這邊，當然不是因爲擔心吵到姊姊。從她回房洗完澡到現在，謝麗雅都沒有醒來，就可以知道對方睡得有多沉。

其實謝麗心仍抱持著一點兒私心和僥倖，既然左易說他們不熟，那她多嘗試搭話幾次不就好了？

正是基於這個念頭，她才會刻意待在走廊上，就爲了可以窺見左易回來的身影。想到那名紅髮炫目張揚的俊美少年，謝麗心的臉頰微微發燙，她還從來沒見過這麼帥的人，班上的男同學和左易比起來，都顯得幼稚多了。

就在謝麗心微微走神之際，忽地聽到下方傳來了聲音，那是一道嬌軟稚氣的童音，正興高采烈地唱著歌。

「妹妹揹著洋娃娃，走到花園來看花，娃娃哭了叫媽媽，樹上小鳥笑哈哈……」

「咦？小夏他們回來了嗎？」謝麗心下意識認爲這是夏蘿在唱歌，忙不迭低頭往下看，然而民宿大廳卻是空空蕩蕩，未見半個人影。

但那首耳熟能詳的兒歌仍繼續唱著，只是歌聲逐漸轉小，就好像唱歌的那人進了房間。

還是說，在她分心的時候，有其他小孩子偷偷溜進民宿了？

謝麗心越想越覺得有這個可能。畢竟夏蘿身邊一定會跟著夏春秋，他們的房間在三樓，沒必要在二樓逗留。

民宿大門雖然有裝監視器，但裡頭可沒有啊，如果有東西被弄壞的話……

謝麗心也顧不得和同學聊天了，隨手將手機塞進口袋裡，再彎身提起拖鞋，光著腳丫子走下樓梯，免得製造出太大的動靜。

一想到自己待會兒就可以推開房門，擺出神氣活現的姿態逮到偷跑進來的小孩子，謝麗心就有些興奮，嘴角也忍不住翹了起來。

她躡手躡腳地來到二樓。

在二樓走廊上，有扇門是開啓的。

門板拉出一道相當大的縫隙，從謝麗心所在位置，可以隱約窺視到房內擺設。

那是方茉莉的房間。謝麗心記得很清楚，是那名留著長髮、唇角下有著妖嬈黑痣的女人的房間。

謝麗心直覺認爲，那個唱著兒歌的小孩一定是溜進了對方房間。

爲了將那個小孩抓個正著，她刻意貼著牆壁那側行走，好讓房裡的人不會發現她的存在。

隨著與房間的距離越來越近，謝麗心的情緒也跟著亢奮起來，懷抱著一股緊張又刺激的心情，踮著腳尖來到門口。

然後一鼓作氣地推開房門。

「登登，抓到你了！」謝麗心得意洋洋地宣告。

回應她的卻是一室的寂靜無聲。

「咦——咦咦咦？」謝麗心愣然地眨眨眼，連提在手裡的拖鞋不知不覺落在地上也沒有察覺。

這間面海的臥室裝潢得十分雅致，還有一串風鈴掛在窗口，此刻正被海風吹出清脆的聲響。相較起藍白色系為主的家具，擱在牆邊的二十九吋褐色仿木紋行李箱顯得格外惹眼。

然而臥室裡空無一人，就連方才在走廊上隱約可以聽見的歌聲也消失了，彷彿這裡打從一開始就是如此安靜。

該不會是躲在浴室裡？這是跳進謝麗心腦海裡的第一個想法。她的視線落在左側那扇緊閉的白色門板上，越想越覺得有這個可能。

「看我還不把你揪出來。」她哼哼兩聲，筆直地朝浴室走去，渾然忘記自己這樣做已是擅闖別人房間了。

她手指握住門把，先試探著輕輕轉了下，接著毫不猶豫地一轉到底，門應聲而開。

空的，還是空的，浴室裡仍舊不見人影，一眼就可望個通透的空間根本藏不了人。

「不是吧，也太會躲了。」謝麗心的表情變得有點兒糾結，她不再打量浴室，而是反手將門關上，視線則是依次從行李箱、衣櫃、床鋪、書桌掃過去。

這些東西都有可以躲藏起來的空間，但是行李箱……應該不可能吧。

謝麗心搖搖頭，甩掉了這個荒謬的猜測，向衣櫃走近了幾步，又忽然往後退了幾步，一臉疑惑地看向書桌。

桌面上，筆電不遠處坐著一尊穿著紅色洋裝的十二吋人偶；人偶五官精緻，柔軟的黑色長髮垂在身後；那雙由玻璃珠鑲嵌的眼眸大而靈動，彷彿下一秒就會對你眨眨眼。

剛剛桌上有這個嗎？謝麗心怔怔看著那尊美麗的人偶，即使對它的突然出現感到驚疑不定，但卻如同被迷惑住一般，往書桌方向越走越近。

也許、也許，只是因爲她剛剛太專注尋找那個偷溜進來的小孩，才會沒看到這尊人偶。網路上不是有人說過嗎，有時候太過專心在某個人或某件事物上，就容易產生盲點而忽略掉其他。

謝麗心很快就將心裡那點猶豫抹掉，滿心滿眼只有桌上的精巧人偶，那雙剔透的眼睛眞的好美，如果她可以擁有這個人偶的話……

「嘶！」謝麗心忽然倒抽一口氣，一張甜美的臉蛋皺成一團。因爲看得太入迷，結果沒注意到自己與書桌之間已再無距離，毫無防備地撞了上去。

「疼疼疼。」她揉著被桌角磕到的腰，那下撞得太大力了，將她先前一個勁兒沉溺在人偶之中的意識也撞得清明起來。

驀地，謝麗心發現原本一片漆黑的筆電螢幕竟然亮了，她先是愣了下，隨即反應過來，一定是剛剛撞到桌子，震動不小心移動了滑鼠。

螢幕上的畫面是一個被打開的資料夾，裡面有十來張相片縮圖。

想到這間房間的主人是那名外表嫵媚、唇下有痣、笑起來更增添一絲妖艷感的女人，正値青春無畏年紀的謝麗心，頓時覺得一顆心像是被小貓的爪子撓了撓，撓出她本就旺盛的好奇心。

會不會是男朋友的相片？

當他人的祕密就在自己唾手可得之處，「看一眼」也就成了人類用來遮掩劣根性的藉口。

謝麗心嚥了嚥口水，緊張地往門口看了看，再豎起耳朵聽。走廊上很安靜，也沒有哪個人踩上樓梯時發出的聲音。

「我就看一下下，一下下就好。」謝麗心小小聲地說，像是在說服自己這樣做。

她稍微挪了下位置，握住滑鼠，移到資料夾的相片上點擊兩下，原本模糊不清的縮圖相片馬上放大尺寸。

行李箱，被扭曲成古怪角度疊放在行李箱裡的女孩子，她的身上還穿著學校制服，黑色水手服襯得她肌膚像雪一般白。

鑲在臉上的眼睛空洞而無神，彷彿在注視著鏡頭，又好似看向更遙遠的地方。

相片裡的顏色單調無比，黑與白，還有行李箱的褐，卻組合出對比強烈的衝擊感。

謝麗心握著滑鼠的手指在發抖，臉上血色飛速褪去，連嘴唇都控制不住地哆嗦起來。

她看到了什麼？

她看到了什麼！

行李箱被塞得滿滿的，拍照的那個人就像是連一點兒空隙都不願留下，將女孩子的手腳擺弄出人類不可能做到的凹折角度。

第二張、第三張……女孩子的臉上開始出現點點紫紅色斑點，隨著照片一張張點開，那些斑點逐漸擴散，不只臉龐，還有四肢和鎖骨，原本清澈的眼睛也越來越渾濁，可以看到上面的灰黃色三角形斑。

當照片裡的女孩子皮膚上浮現出綠色斑塊時，謝麗心覺得自己快要吐了，她駭然地發現自己在見證一個人類死後的屍體變化。

明明害怕得想要尖叫，但手指卻發顫地繼續點開下一張相片。

這一次的相片與先前那幾張極爲相似，依舊是行李箱中裝著人，不同的是，蜷在裡頭的是個成年男性。

謝麗心已經可以想像接下來的相片將會是這個男人身體的腐敗過程。

接著，她像是察覺到什麼，看著這張相片一會兒，又快速打開上一張相片，再切換至原來那一張。

行李箱，褐色仿木紋行李箱，裝著女孩子與男人的行李箱，都是同樣的顏色與設計。

這意味著什麼……謝麗心終於鬆開滑鼠，搖搖晃晃地向後退，一個踉蹌，身子像是被剝奪平衡感，狼狽地跌坐在地。她僵著脖子，緩緩轉頭看向牆邊的行李箱。

巨大的恐懼被掐在喉嚨中，讓她除了斷續地嘶著氣，一點兒聲音都發不出來。房間裡的溫度如此舒適宜人，她卻像是被扔進冰窖之中，冷得直發抖。

「喜歡我男朋友的樣子嗎？」

有誰在身後嫵媚並愉快地說著。

謝麗心猛地扭過頭往後看，瞳孔急劇收縮。

一張被舉得高高的椅子，同一時間狠狠地揮砸了下來。

□

謝麗雅是被自己的手機鬧鐘鈴聲吵醒的。

當滴滴聲毫不間斷地傳入耳中、再送達到大腦中樞，她下意識地蹙起眉，從喉嚨裡含糊地發出一聲嚶嚀，翻轉過身，就像是想逃避那惱人的鬧鈴。

聲音並沒有因此消失不見，相反地，它依舊如影隨形，彷彿要和床上人較量耐心一樣。

最後認輸的是謝麗雅。她終於不是很甘願地睜開眼，撐坐起身體，長長的黑髮隨著動作滑散在肩頭。

她維持著呆坐的姿勢，瞇著眼，茫然地瞪著自己所在的房間，像是思考自己在哪裡，現在又是什麼時間了。

唯一可以確定的是，現在並不是晚上，窗外陽光可說亮得驚人。

謝麗雅最後總算想起，她和妹妹一塊來到海邊度假、這裡是民宿房間這件事。

一邊整理著大腦中的思緒，謝麗雅一邊爬下床，冰涼的磁磚地板瞬間讓她神智更加清醒。她打著呵欠，走到房內梳妝台前，關掉依然響個不停的手機鬧鈴。

房內頓時恢復安靜，可以聽見自玻璃窗外透進來的浪濤聲。

謝麗雅看了下手機上的時間，三點半。夏天的陽光總是特別熾亮，教人難以分辨此刻究竟是上午、中午或是下午。

謝麗雅又打了個呵欠，將手機放回梳妝台上，環視了下房間，只有自己一個人。

「麗心？」是跑出去了嗎？

沒有太在意自家妹妹的去向，她穿上室內拖，決定先到浴室洗把臉，讓自己清醒清醒。

當謝麗雅踏出浴室後，房裡還是沒有見著另一抹身影，謝麗心尚未歸來。

「是跑到哪裡去了？」謝麗雅嘴裡叨唸著，終於想到要看手機裡的訊息，才發現謝麗心十幾分鐘前就傳了LINE給她。

「我去游泳囉，會晚一點兒回來，不要太想我。」

看著附加在訊息後頭的可愛貼圖，謝麗雅不禁失笑，手指靈巧地移動著，飛快回了一行字。

「妳不是不會游泳嗎？」

對方是未讀狀態，不過她也不在意。說不定妹妹在海邊搭訕到了誰，正央求對方教她游泳呢。

謝麗雅一屁股坐回床上，思索著自己要做些什麼來打發時間才好。原本是想找妹妹到沙灘上或是山中走走的，結果這丫頭居然先丟下她，一個人跑出去了。

正當謝麗雅陷入沉思之際，驀地，有個聲音鑽入她的耳中。

她中斷思考，不禁露出訝然的表情。

雖然不是很清晰，可是她還是分辨得出，那是屬於小孩子的哭聲。

反射性地，一張小女孩的面容浮現在謝麗雅腦海。那張臉有著圓黑的眼睛、蒼白的皮膚，記得老闆娘是喊她小蘿。

是那孩子在哭嗎？謝麗雅站起身、走向房外，那聲音哭得抽抽噎噎的，教人著實難以置之不理。

在走廊上，哭聲聽起來比在房內聽還要清晰，謝麗雅側耳聽了一會，卻又不是相當確定哭聲是從哪邊傳出的。

當她走到隔壁房門前，準備舉手敲敲門，原本抽抽噎噎的哭聲卻戛然而止。

謝麗雅訕訕地收回手，哭聲既然已經停止，她再敲門就是多管閒事了。何況，她也不是那麼熱心得過分的人。

伸手將髮絲勾至耳後，謝麗雅朝樓梯走去。經過二樓時，她注意到二樓靜悄悄的。

稍稍停佇一會兒，謝麗雅繼續往下走，很快地就來到一樓。和二樓一樣，一樓竟然也是異於平常的安靜，沒看到任何人。

連老闆娘也出門了嗎？謝麗雅納悶地想。

從民宿大門望出去，剛好可以看見被陽光染得波光粼粼的大海，再晚一點，等到陽光轉成橘紅色，海平面就會是另一番輝煌燦爛的光景。

謝麗雅很快從大門處收回視線，環視了下沒人的客廳，接著再看向沙發後的那排盆栽，鬼使神差地，她的心底竟然萌生出去走廊那邊看一看的念頭。

林霖怔然地注視著牆壁，手上的菸灰不知不覺已燒了長長一條，最後終於落了下來，掉到林霖手上，讓他反射性甩手抖掉。

細微的刺痛感拉回林霖的神智，他咂了咂舌，將抽到一半的香菸在地上踏熄，然後把菸蒂丟出窗外。

他隨意將手背往褲子上摩擦兩下，抹去方才的灼燒感，皺著眉頭走出房間，覺得沉溺在回憶中的自己眞是愚蠢。

林霖的腳步聲在走廊上形成規律平穩的節奏。當他經過中間的房間時，不自覺停下腳步，盯著那扇緊閉的門扉不放。

那是林綾的房間。

林霖抿著唇，喉頭忍不住上下滑動，原本垂在身側的右手彷彿有自主意識般抬起。

他不知道自己露出了魔怔般的表情，手掌貼在門板上，專注的視線像是要把那扇門看穿一個洞。

他維持這樣的姿勢好一會兒，手指才慢慢下移，落在門把上，正準備打開門，一道輕柔的嗓音驀地在走廊上響起。

「林霖。」

被喚出名字的男人僵住動作，緩緩轉過頭，眼底頓時映入了謝麗雅纖細的身姿，以及那雙似水的幽幽眼瞳。

「妳怎麼在這裡？」林霖若無其事地鬆開手。

「剛睡醒，就起來走走。」謝麗雅的表情還是婉約溫和，她像是不經意地開口問道：

「這是誰的房間？」

「我妹的。怎麼了？」林霖挑起眉。

不知道爲什麼，謝麗雅聽到這個答案非但沒有鬆一口氣，心頭反而發起堵。

她看著林霖冷淡注視她的神色，是的，這就是這男人平常對待她的態度，沒有溫情脈脈，沒有熱情如火。

她一直以爲林霖的個性就是這樣，而她可以耐心地用愛融化對方的心。

但方才林霖看著那扇房門的模樣，讓謝麗雅此時此刻才知道她的想法是多麼大錯特錯。

林霖剛剛露出的表情、眼神，是多麼炙熱又繾綣，就好似在看著……

謝麗雅強自掐斷這個猜測，她的嘴裡嚐到一陣苦，心裡更是泛起了酸。

她一步一步走近林霖，以婉約的聲音開口。

「麗心說，我跟你妹妹有點像。」

這個話題再次被提起，林霖不明所以地看著她，斯文的臉孔忍不住繃緊。

「我和你已經交往一年多了，你不但沒有將我介紹給家人，甚至我來到這裡，你也不許我說出我們的關係。」

「這些我不是都解釋過了嗎？」林霖厭煩地看了她一眼，覺得眼前的女人在無理取鬧，想要掉頭就走，但謝麗雅卻已走到他身前，近到一抬頭就可以看見林霖繃緊的下巴。

她仰高白皙的臉孔，柔軟的嗓音滲出尖銳。

「你的眼裡自始至終都沒有我。你只是透過我的存在，看著你的妹妹。」

林霖瞳孔瞬間收縮，雙腳就像是被釘住一樣，動彈不得。

「我說中了，對吧？」當謝麗雅看到林霖僵住的表情時，身體深處像是有什麼湧了上來，嘶叫著，想要找到發洩的出口。

「少在那裡胡說八道了。」林霖臉色難看，想也不想便否定她的指責，「林綾是我的妹妹，誰會對自己的妹妹有感覺？又不是變態。」

「你騙不了我的，林霖。」謝麗雅踮高腳，將柔軟的嘴唇湊至林霖耳邊，「當她與朋友們聊天的時候，你看著那些人的眼神……你知道你露出了什麼樣的眼神嗎？那是赤裸裸的嫉妒。」

「謝麗雅！妳鬧夠了沒有？」林霖沉下聲音，不悅地抓住謝麗雅的肩膀，將她推向一邊。一向知性冷靜的氣質早已消散得一乾二淨，他的態度就像是一頭被踩到尾巴的獸，暴躁萬分。

「我只是實話實說。」謝麗雅挺直背脊，秀美的臉孔上沒有任何表情。

「這種子虛烏有的事沒什麼好說的，也不會有人相信妳這種沒有根據的猜測。」林霖冷冷看了她一眼，隨即頭也不回地大步離開。

站在原地的謝麗雅緊緊捏著拳頭，她眼角發酸，濕熱的液體蜿蜒滑下臉頰，卻像是渾然未察，只喃喃吐出兩個縹緲的音節。

「……林綾。」

第六章

謝麗心覺得全身痠痛不堪，尤其是後腦勺，簡直像是有一把火在燒般地刺痛，熱辣辣的感覺讓她忍不住悶哼出聲。

頭好痛……到底是……

當疼痛的訊息忠實地傳達到大腦，謝麗心的意識也開始一點一滴地回來了，所有感覺陸續脫離黑暗，回到光明的方向。

原本靜止不動的眼睫微微顫抖，一下、兩下，然後終於慢慢地掀開。

謝麗心吃力地睜開眼睛，這在平常明明是再容易不過的事，現在做來卻不知爲何異常艱辛。

或許是因爲閉著眼有一段時間了，她將眼皮撐開一條縫，乍然湧入的光線卻又讓她立刻感到刺痛地闔上。

黑暗重新籠罩在視野內。

謝麗心腦海仍一片混沌，無法好好思考事情。她閉著眼好一會，才再次嘗試睜開眼睛。

知道所在之處有光，所以她睜眼的速度相當緩慢，想讓自己有足夠的時間適應光線。光亮驅散了黑暗，她總算看清面前的景象。

然而謝麗心卻是一愣。

潔白的磁磚牆、粉色調的磁磚地板，還有和自己視線差不多平行的洗手台，洗手台上還安裝了一面鏡子。

目前的視線高度讓她從鏡子裡看不見自己，但這不是她在意的事。她認得出這是哪裡，是浴室，她們房裡的浴室也是一模一樣的配置。

所以，這到底是……又一陣抽痛從後腦傳來，謝麗心疼得皺起眉，下意識想向自己的姊姊求助。

但喊出來的並不是「姊」，而是奇怪又含糊的單音節。

謝麗心又愣了一下，她試著再動動嘴唇，隨即發現一個令人驚恐的事實。她沒辦法張嘴說話，不是指聲音發不出來，而是、而是……她的嘴唇居然被什麼黏貼住了！

這個發現使得謝麗心原先還混沌不清的思緒，登時全部運轉起來。

她努力想去釐清自己現在是什麼處境，然而發覺的不對勁越多，眸子中的不安與慌亂也越來越熾，最後凝結成名爲「害怕」的情緒。

不僅嘴巴被黏貼起來，就連手腳都失去了行動的能力。

此時的謝麗心被綁在椅子上，雙手反綁在椅背，雙腳則是各綁在椅子的兩隻前腳上，整個人動彈不得。

「唔唔唔！唔唔唔唔！」怎麼回事？為什麼我會變成這樣？

謝麗心拚命發出聲音，可發出的盡是一些唔唔聲，她沒辦法說話，更遑論大聲呼救。

謝麗心不敢相信自己會遇上這樣的事，她被綁在一間浴室裡，頭部持續抽痛，額角和後腦有著像液體乾涸的黏硬感。

是……是流血了嗎？看不見自己傷勢的謝麗心越發害怕，她不再出聲，試著回想之前發生過什麼事。

她記得自己本來是在方茉莉的房間裡，看到了筆電裡的照片，然後……沒錯，然後她覺得後腦一陣疼痛，接著就失去意識！

是方茉莉！謝麗心忍不住又激動起來，她掙扎著身子，想要連同身下椅子一起挪動，其中還有一、兩次差點因爲不平衡而摔倒在地。

如果自己眞的連人帶椅摔倒，爬不起來先不說，萬一撞到了腦袋或是哪裡、出了問題，那才眞的是完蛋了。

想到這裡，謝麗心頓時像是顆洩氣的皮球，緊繃的身體跟著垮了下來。

停止一切掙扎後，她才注意到身邊安靜得驚人，沒有丁點聲音，她似乎被獨自留在了這裡。

那個人將自己綁在這裡，到底要做什麼？一旦意識到周遭的安靜，謝麗心就無法不去思考這個問題。而越是思考，心中的畏懼就越茁壯。

她臉色發白，掌心不自覺滲出冷汗，讓她的雙手有些濕黏。對方這麼大費周章地將她綁在這，絕不可能只單純想限制她的行動。

我……會被殺嗎？我會死嗎？

謝麗心害怕極了，明知道徒勞無功，又忍不住掙動起雙臂。她拚了命想擺脫手腕上的束縛，但換來的卻只有繩子摩擦皮膚的刺痛感。

突然間，謝麗心耳朵捕捉到一抹聲音。那聲音很小、很細微，但她就是聽見了。

她猛地抬起頭往聲音方向看去。

拐咿咿——浴室的門正被人緩緩由外向內推開，因爲推動的速度極慢，才會發出那種讓人牙酸的聲響。

謝麗心驚恐地瞪大眼睛，看著門板與門框之間的口子越來越大，心臟幾乎要跳到喉嚨口了。

這種感覺就像是斷頭台上的繩索即將被人一把抽掉，而跪伏在台上的人只能絕望地倒數著刀具落下來的時間。

這是方茉莉的房間，那麼，打開浴室門進來這裡的人，除了她還會有誰？

謝麗心想到了筆電裡的相片，想到了那個褐色仿木紋的行李箱。

她也會像那個女孩和那個男人一樣，被裝在裡面嗎？

對死亡的惴慄讓謝麗心眼眶忍不住紅了起來，逐漸匯聚的水氣瀰漫了視線，前方景象變得霧濛濛的。

她用力眨了下眼，將淚水眨掉，試著讓視野重新清晰起來。她必須、必須……

謝麗心的思考瞬間中斷了，隨著淚珠子從眼角滑落，沾濕了臉頰，她垂下的視角也同時看到從門縫裡探進來的巴掌大的小臉。

烏黑的長髮、精緻的五官、紅色的小洋裝，宛如玻璃珠般剔透的眼睛，正瞬也不瞬地看著被綁在椅子上的謝麗心。

謝麗心快瘋了，她劇烈地掙動身子，眼睛睜大到極限，越來越多淚水落出來，那是只有恐懼才能造成的表情。

面無表情的美麗人偶慢慢地、慢慢地踏進浴室裡，步子看起來有些搖搖晃晃，像是還不習慣走路。

謝麗心發出了不成聲的悲鳴，眼前這幕完全超出她所能負荷。

穿著紅洋裝的人偶離她越來越近，只剩五步遠、只剩四步遠、只剩三步、只剩兩步……

謝麗心再也顧不得後果，她瘋狂地增加掙動力道，只想和人偶拉開距離。

椅子終於被她搖動得斜斜向後倒去。

手腳不能活動的謝麗心完全無計可施，她感覺自己正向後倒，也知道頭一定會重重撞在地上，而那個可怕的東西說不定就會走到她面前。

她又驚又懼地閉上眼，然而預想中的疼痛卻遲遲沒有到來。

向後倒的椅子被某個力量撐住了椅背，接著把它推了回去。

謝麗心一點慶幸的感覺也沒有，相反地，她就像墜入冰窖一樣，手腳發冷，彷彿連血管裡流動的血液都隨之結冰。

浴室裡根本就沒有自己以外的人。

睜開眼睛的時候，謝麗心就確認過了，浴室裡只有自己一人。

既然如此、既然如此，究竟是什麼撐住了她？

謝麗心渾身發顫，她不敢向後看，牙齒格格地打著顫，她感覺到冰涼的觸感從後貼上了她的臉頰。

溫熱的淚水像斷了線的珍珠不斷落下，謝麗心仍舊不敢向後看，她連動一下脖子都不敢，可是眼角餘光終究還是擅自納入了那個「什麼」。

瘦瘦長長，總共十根黑色的手指頭。

沒有溫度的黑色手指沿著謝麗心雙頰慢慢下滑，來到了頸子，來到了肩膀，黑色的手臂圈住謝麗心不放。

就像是一團黑影擁抱著她。

「嗚……嗚……」謝麗心恐懼至極地呻吟著，美麗的人偶朝她越走越近，她的肩膀則被兩隻手臂圈著。

接著她聽見了唱歌的聲音。

「妹妹揹著洋娃娃，走到花園來看花，娃娃哭了叫媽媽，樹上小鳥笑哈哈……」

屬於小女孩嬌軟又稚氣的童音正唱著這首耳熟能詳的兒歌，謝麗心認得這聲音，不久前，就是這個聲音將她從三樓引到二樓的。

謝麗心閉上眼睛，她在心裡發狂般地尖叫，直到另一個聲音無預警鑽入她耳內。

喀，砰。

門被打開的聲音，門被關上的聲音。

浴室瞬間安靜了下來，甜蜜歡快的小孩歌聲戛然中止。

謝麗心猛然睜眼。潔白的磁磚牆，粉色調的磁磚地板，還有和自己的視線差不多高的洗手台，洗手台上還安裝了一面鏡子。

肩膀上什麼也沒有，她的視線顫顫地移到腳邊，那個穿紅洋裝、有著黑長髮的美麗人偶也消失了。

方才的一切恍如幻覺，謝麗心幾乎要以爲自己只不過是落入一個深沉可怕的惡夢。然而，當她看到站在門口的纖細身影時，她的心臟不斷狂跳，全身繃得緊緊的，就像是被拉到極限即將斷裂的弦。

她的惡夢並沒有結束。

有著一頭黑色長鬈髮的女人踏著優雅的步伐走進來，那雙嫵媚的眼眸噙著笑意，柔軟地瞇起。

謝麗心駭然地瞪大眼睛，她看到原本在自己身後的那團黑影攀上了方茉莉的肩膀，安靜地將疑似臉龐的部分貼著對方的臉頰。

「下午好，麗心。」方茉莉的嗓音輕柔愉快，好似眼前迎接她的是場美好的下午茶宴會，而不是一個被五花大綁的可憐少女。

「嗚、嗚嗚！」謝麗心驚恐地從喉嚨裡擠出不成調的聲音。

「妳醒得眞快，我本來以爲妳會多昏迷一會兒的。」方茉莉神色輕鬆地說，「我拍的照片還喜歡嗎？那些可是我寶貝的收藏品呢，就這樣被妳看見了。」

「寶貝的收藏品」這六個字讓謝麗心一陣反胃，想要乾嘔的欲望聚集在喉頭，但她還是用指甲重重掐住掌心，壓制住這股翻騰感。

「看樣子妳不太同意。」看著謝麗心驚懼中又帶著厭惡的眼神，方茉莉咯咯一笑，「眞可惜，妳和他們一樣，都不懂我的喜好。」

她沒有說出「他們」是誰，但謝麗心不知爲何，卻想到了相片裡的男人與女孩，一股顫慄爬上背脊。

「我一直以爲自己沒有收藏的欲望，但在看到那個行李箱之後，我就忍不住想，如果可以將喜歡的人、感興趣的人、好看的人收藏在裡頭，讓他們塡滿行李箱，該有多好呢。」

「但是，妳知道要讓他們主動進去行李箱可不容易，有時候，一點手段是必要的。」

方茉莉側過頭，看向放在房裡的褐色行李箱，眼神透出無比喜愛，但語氣裡卻帶上一絲傷感。

謝麗心瞬間屏住了呼吸。那已經不是一個正常人該有的欲望了。

「我已經很忍耐了，兩個人，才兩個人而已。」方茉莉移回視線，在看到謝麗心明明慌亂不已卻又試著故作鎮定的模樣，憐愛地對她搖了搖頭，「親愛的，別緊張，我不會把妳裝起來。妳不是我想要的，我想要的是……」

方茉莉的聲音輕得幾乎聽不見，但謝麗心並沒有因爲這句話而感到半點安心，相反地，她的一顆心懸到了喉嚨口。

那個女人將她的祕密都告訴了自己。

什麼樣的人才會保守祕密呢？

謝麗心不敢再想下去，可怕的緊張感讓她的肌膚像被刺到般地發痛。

就在這時，方茉莉忽然從口袋裡拿出某個東西，用食指與拇指捏住它，對著謝麗心晃了晃。

那是她的手機！謝麗心瞠大眼，反射性想要站起來，卻忘記自己被綁住了，驟然的失衡讓她連人帶椅栽在地上，發出砰的一聲悶響。

方茉莉像是被她的急切舉動取悅了，紅潤的嘴唇彎了彎，低下頭擺弄起那支花俏可愛的手機。

「放心吧，我已經傳訊跟妳姊姊說了，可愛的麗心還想在海邊多玩一會兒，沒有那麼快回民宿的……噢，她回訊了，原來妳不會游泳，這可眞是我的失誤。不過沒關係，只要讓她以爲妳在外頭就好了。」

謝麗心驚懼地瞪視著方茉莉，從腳底竄起的冰冷幾乎要讓她滅頂。

「對了。」

方茉莉像是想起什麼，抬起頭對她盈盈一笑，唇角下的痣妖嬈得彷彿罌粟花綻放一般。

「我已經跟民宿打過招呼了，在我沒退房之前，不要進來替我打掃房間，也不須幫我更換新的盥洗用具，所以妳可以安安心心地待在這裡。」

謝麗心臉龐蒼白如紙，全身血液像是要被凍僵。

不管是她的姊姊還是其他人，根本不會發現她被關在這個房間的浴室裡。

一只旅行袋擱在床上，而褐色的仿木紋行李箱則是被放倒在地，裡頭空空蕩蕩的，什麼也沒有。

方茉莉就坐在行李箱旁，手指輕緩地摩挲著邊緣。

她似乎沒有注意到從浴室裡射出來的駭然視線，嫵媚的側臉如此溫柔，就像母親注視著最重要的孩子。

她想起了那名膚色蒼白、有著幽黑眼瞳的小女孩，想起了靦腆接下檸檬水的少年，想起了上樓時擦身而過的男人。

「太不小心了。」方茉莉喃喃自語，不自覺地抬起手，指尖捲著烏黑的髮梢。果然，還是應該先判斷民宿裡剩下多少人再行動的。

結果自己卻被撞見那名膚色白皙的小女孩的喜悅所擄獲，所有心思都放在她與她的兄長身上。

不過沒關係，方茉莉想起小女孩與少年的監護人，下午便已出門去了——那時自己待在三樓陽台欣賞海景，對方還與自己打了招呼，估計不會太快回來。

另外幾個大孩子想必和少年與小女孩是一夥的。從他們外出時攜帶的大型遮陽傘來看，一時半刻應該不會回來；如果真要回來，早就在少年與小女孩回民宿時一塊行動了。

至於民宿老闆娘，就更不用擔心了。在借用廚房弄檸檬水之前，她已經先巡視過一樓，看見韓秀瑜正在房裡睡午覺。

將無法構成威脅的人選一一排除後，方茉莉抬眼看向被綁在浴室內的謝麗心，嫵媚的眼角挑起一抹似笑非笑的弧度。

「差點忘記了，還有妳姊姊。」

方茉莉輕輕笑了起來，扳著細白的手指，柔聲數著，「一個、兩個。」

她從旅行袋內摸出一小包東西放進口袋，接著站起身子、走出房間，將房門關上鎖起，下了樓梯。

來到一樓客廳，坐在沙發上的身影讓方茉莉先是訝異地張大眼，隨即唇角彎起一抹愉悅的弧度。

對方似乎沒有察覺到她的腳步聲，只是低著頭，單薄的雙肩微微顫動。

方茉莉悄然走進廚房，從櫃子裡找出即溶咖啡與兩個杯子，動作熟練地倒進咖啡粉與一小撮白色粉末，注入熱水，再將兩杯咖啡端出廚房。

或許是被突如其來的咖啡香吸引，坐在沙發上的女子吃驚地回過頭，看見方茉莉對她露出溫暖的笑容時，立即擦去眼角的淚痕。

「不好意思，讓妳看到失態的樣子。」謝麗雅重新挺直背，古典柔美的臉孔反射性繃起。

方茉莉將右手的杯子遞出去，溫柔說道，「來，這杯咖啡給妳，喝一點熱的可以讓心情放鬆一下。」

謝麗雅看著咖啡，不禁愣了一下，但緊繃的臉部線條不自覺放鬆不少。人在傷心寂寞時，面對他人釋出的善意，心防容易鬆懈下來，例如現在的謝麗雅。她接過杯子，輕聲向對方道謝。或許是熱飲有助於安撫心情，喝下咖啡後，她的表情也變得柔軟不少。

「是不是跟誰吵架了？」方茉莉嗓音放得輕緩，彷彿有種安定人心的力量。

謝麗雅拿著杯子的手一僵，隨即從唇邊溢出苦笑，「方小姐的直覺眞敏銳……」

或許是需要一個陌生、不會對她投以同情眼光的人傾聽，謝麗雅說出了方才她與林霖吵架一事，卻巧妙避開了林綾的問題。

聽著謝麗雅壓得低低的陳述，方茉莉臉上依舊帶著微笑，安靜得如同最稱職的傾聽者。

謝麗雅輕呼了一口氣，說出心裡的話讓她感覺好過一些，只是抬眼望向端著另一只杯子、站在一旁的方茉莉，她的眼神頓時流露出不解。

「方小姐不坐下來喝嗎？」

「這杯咖啡並不是我要喝的。」

方茉莉笑盈盈地說，她的聲音落在謝麗雅耳裡，不知道爲什麼顯得有些縹緲虛浮，好像音節在晃動般。

「咦？」謝麗雅訝異地發出一個單音，不知是否錯覺，映入眼底的嫵媚身影逐漸出現疊影，好像被激起漣漪的水波。

她想要睜大眼，卻覺得大腦昏沉沉，一股突來的暈眩感正張牙舞爪地捕獲了她的意識。

方茉莉笑容可掬地看著謝麗雅軟軟倒在沙發上，眼角愉快挑起，先將手裡的咖啡放在桌上，再走到大門口望了望，確定沒有任何人影朝這邊走來之後，才滿意地回到謝麗雅身邊。

一邊注意著樓上的動靜，一邊將沒有意識的謝麗雅拉起，方茉莉將她的手臂架在自己肩膀上，扶著那具無力的身子繞過沙發後的盆栽，走向走廊最底端、那個被堆滿雜物的房間。

方茉莉打開門，將謝麗雅往裡頭推了進去，就像什麼事也沒有發生般，反鎖關上房門。

接下來，就剩下那個男人了。

海風不斷吹過臉頰、髮絲，林霖站在三樓陽台上，用食指與中指夾著菸。回到這棟民宿之後，他的菸癮越來越重。

將香菸放進嘴裡狠狠吸了一大口，接著再吐出白色煙霧，林霖的眉頭緊鎖，他想到了謝麗雅先前踮著腳尖、拊在耳邊說的話。

「你知道你露出了什麼樣的眼神嗎？那是赤裸裸的嫉妒。」

嫉妒？他嫉妒誰？眞是可笑。

林霖試著揚起一抹嘲諷的弧度，但他唇角僵硬，無法控制手指的顫抖。

冷靜下來，林霖。他在心底喝斥，胸口因爲紊亂的呼吸而上下起伏，他甚至可以感覺到心臟越跳越快了。

謝麗雅的那番話宛如利刃，將埋藏在他身體深處的祕密挖出來，強迫攤在陽光底下。

戀妹？亂倫？

林霖臉孔出現剎那的扭曲，他爲那幾個聳動的字眼感到心驚肉跳。不該是這樣的，他不該、也不可能對林綾抱持著異樣的情愫……

林綾只是他的妹妹，那個在小時候總喜歡跟在他身後跑來跑去的小女孩……

愛哭、愛鬧、愛撒嬌，手裡抱著一尊人偶，總是哥哥長哥哥短喊著的小女孩……

林霖抽著菸，任憑裊裊煙霧模糊視線。他突然想到，那個愛哭、愛鬧、愛撒嬌的小女孩，究竟是從什麼時候開始不再親近他了？

這個想法如同一把打開回憶的鑰匙，原本放置在記憶深處的盒子被掀開，一縷縷交纏繚繞的記憶在腦海中流動，不時混雜著他與妹妹相處的往日時光。

林霖隱約記得，他的妹妹，林綾，似乎從六歲之後就不太愛黏著自己，總是一個人看書，或是到父親的工作室看他製作人偶……

對了，就是那一年，林綾六歲，他十七歲。

那時候，究竟發生了什麼事？為什麼林綾的個性會出現如此大的改變？變成一個恬淡婉約、笑容神祕又優雅的女孩，讓他在不知不覺間，將視線放在她的身上……

陷入思考的林霖沒注意到香菸前端已燃成菸灰，最終承受不了重量，掉在自己的手背上，燙得他連忙甩了甩手，思緒也從過去的回憶拉到了現實。

就在他拿下嘴裡的菸，將它捺在欄杆上捻熄時，忽然聽到一道腳步聲正朝他而來。

林霖回過頭，冷淡地看向長鬈髮的女人，「有什麼事嗎？」

方茉莉向林霖微微一笑，將馬克杯遞出去，「林先生，這是謝小姐要我端給你的。」

林霖挑起眉毛，眼底滑過一抹詫異，他並沒有忘記數十分鐘前才和謝麗雅吵了一架。

或許是看出林霖的疑惑，方茉莉彎了下嘴唇，唇角下的小痣讓她的表情更顯溫柔嫵媚。

「我是在一樓遇到謝小姐的。她說她對剛剛的事感到很抱歉，希望可以跟你合好。可是她擔心你還在生氣，所以才拜託我把咖啡端上來。」

「原來如此。」聽到這番話，林霖繃著的下巴線條稍稍放鬆，他接過馬克杯，湊近嘴邊喝了幾口。

方茉莉十指交扣，疊放在身前，笑盈盈地注視著林霖喝咖啡的動作。

被她瞧得莫名所以的林霖放下杯子，看了她一眼。

「方小姐還有什麼事嗎？」

「其實也不是什麼大事。」方茉莉抬起手放到嘴邊，掩嘴輕笑起來，「謝小姐還有交代一句話，她希望林先生喝完咖啡後，可以去找她。她在你的房間等你。」

「妳就不能一次把所有事都說完嗎？」林霖皺眉，頓時對方茉莉產生不耐煩的感覺。

他將馬克杯隨手放在陽台圓桌上，大步走向自己的房間。

方茉莉尾隨在林霖身後，看他打開房門，見到房內空無一人時，露出詫異的表情。

「妳不是說麗雅在房裡等我？」林霖回頭質問。

「也許還沒上來吧，再等一下下就好。」方茉莉柔聲安撫。

林霖沒好氣地嘖了一聲，對謝麗雅的態度感到不滿。他看也不看站在門外的方茉莉，逕自走進房裡，在椅子上坐下來。

「跟麗雅說，如果五分鐘內……奇怪……」

後半段句子還沒來得及說完，林霖突然覺得大腦暈眩了起來。他不解地按著太陽穴，想要抵抗那股不舒服的感覺，卻發現不僅是大腦，連身體都變得虛軟無力，按在太陽穴的手指軟軟地滑下來，垂在椅子上。

「我……妳……」林霖連舌頭都變得不靈活了，含糊吐出幾個單字後，眼皮終於不受控制地落下。

「晚安，林先生。」方茉莉拿走放在桌上的鑰匙，施施然走出林霖的房間，鎖上房門。看了一眼夏蘿與夏春秋所在的房間，方茉莉將手掌輕撫胸前，稍稍壓抑住那股在心底不斷叫囂的亢奮。

只差最後一步了，現在先回去二樓準備吧。

柔軟的嘴唇拉出一抹嫵媚的弧度，方茉莉緩緩走下樓梯。

夏蘿突然驚醒過來，惡夢的餘韻彷彿還殘留在身體裡，但不管她怎麼想，卻始終想不起剛才的夢境。

她茫然地眨了下眼，轉頭看看四周。從窗外斜射進來的陽光亮得她忍不住瞇起眼，同時從眼角餘光看見睡在身旁的兄長。

看著那張寧靜的睡臉，夏蘿忍不住伸出小手，摸摸夏春秋的頭髮，然後又將薄被拉到夏春秋身上。

夏蘿滿意地點點頭，輕手輕腳地下床，將自己的小腳丫套上鞋子。

接著，夏蘿踮起腳尖，小心地不發出太大聲響，往門口走去。只顧著輕聲移動的她，自然沒發現桌上的杯子。

悄悄打開門，夏蘿回頭看看躺在床上的夏春秋，見他沒有被開門聲吵醒，才鬆了一口氣走出去，反手關上門。

靜謐的走廊沒有任何人影，只有明亮的陽光與浪潮聲充盈其中。夏蘿摸了摸有些乾的嘴唇，她想要喝水，記得客廳裡有飲水機可以使用。

夏蘿下樓速度不快，她的額際還在隱隱作痛，像是有小矮人拿著鎚子在裡面敲打，讓她不太舒服。

當夏蘿來到二樓時，走廊上有一扇門突然打開來，吱呀的聲音落進夏蘿耳裡，讓她反射性轉頭看去。

房間主人似乎沒料到會看見夏蘿，露出了詫異的眼神，但下一秒，那雙嫵媚的眼眸瞇了起來，紅潤的嘴唇彎起一抹笑。

「哎呀，妹妹，怎麼突然跑出來了呢？妳不是在睡覺嗎？」

「夏蘿想喝水。」對於有過一面之緣又同住一棟民宿的方茉莉，夏蘿沒有不回答的理由。

「水？」方茉莉的眼神明顯滑過訝異，但很快便隱去這抹情緒，「一定是妳哥哥忘記跟妳說了，先前我拿了兩杯檸檬水給你們，妳沒看到嗎？」

夏蘿搜尋了下腦內記憶，搖搖頭。

「那，妳哥哥呢？」方茉莉問道。

「在睡覺。」夏蘿瞧著對方帶著微笑的臉孔，不自覺向後退了一步。

方茉莉注意到這個小動作，然而臉上的笑容非但沒有減少，反而越加溫柔，如同要滴出蜜似的。

「對了，妹妹，之前你們外出的時候，老闆娘託了一件東西給我，說是要給你們的。」

「什麼東西？」夏蘿不解地蹙起眉。

「我的記性眞是太差了，先前遇到妳和妳哥哥時，應該直接拿給你們。」方茉莉傷腦筋地笑了笑，她往前走幾步，臉上依舊帶著笑，同時將手伸進口袋裡。

夏蘿的視線不自覺被對方的動作牽引，沒有注意到方茉莉將手從口袋抽出來時，已不知不覺來到她身側，那雙盈滿笑意的眸子正瞬也不瞬地瞅著她。

「妹妹乖喔。」方茉莉柔聲說道，然而與溫暖語氣相反的，卻是驟然將手指探向夏蘿的動作。

如青蔥般美麗的五根手指正握著某樣東西。

一陣可怕的痲痺猛地侵襲夏蘿，所有感官像是瞬間被切斷，眼前一黑，意識頓時沉入昏沉之中。再也支撐不住的小小身子軟倒在地，如同斷了線的木偶。

方茉莉望著倒在樓梯口的夏蘿，眼底笑意越發熾盛了。她握緊手中小巧的電擊棒，慶幸自己先前買了這個東西，如今才能派上用場。

將手掌大小的電擊棒放回口袋，方茉莉跨過夏蘿軟倒的身體，從樓梯欄杆縫隙往下看了看，隨即又抬頭望向上方的樓梯，確定沒有其他人之後，才滿意地抱起夏蘿。

那抱擁的動作如此溫柔，如果被不知情的人看到，或許會以為方茉莉正在照顧一個沉睡的孩子。

方茉莉唇邊帶著淺笑，將夏蘿抱進房間，將那具失去意識的小身子放在地板上，回身鎖上房門。

隨後，她回到夏蘿身邊，輕輕撥開小女孩凌亂散著的髮絲，露出那張蒼白的小臉。

「眞是可愛。」

方茉莉嗓音柔軟，手指摩挲夏蘿臉頰的動作是如此輕柔，但這幅畫面落在被囚禁在浴室裡的謝麗心眼裡，卻讓她毛骨悚然。

或許是方茉莉並不認爲有誰會闖入自己的房間，因此浴室的門沒有掩上，這也讓裡頭的謝麗心可以清楚瞧見發生在房間的事。

方茉莉凝視夏蘿一會兒才收回手，走向房間中央的褐色大行李箱，將它拖到夏蘿身邊。

被綁在椅子上、待在浴室裡的謝麗心驚駭地瞪大眼，她看見方茉莉伸手抱起夏蘿，看見那具嬌小的身體被放進行李箱內。

住手住手……快住手！

然後，方茉莉闔上行李箱，喀的一聲，那是上鎖的聲音。

放那孩子出來！

謝麗心拚命想從嘴巴裡擠出聲音，但膠布阻隔她徒勞的吶喊，她只能發了瘋似地在地板上掙扎著、扭動著。

方茉莉冷酷地看了她一眼，那是完全不帶任何感情的眼神。

隨著浴室門板被闔上，在謝麗心沾滿淚水的視線裡，明亮的光線逐漸消失，只留給她一室的黑暗……

第七章

「人家回來囉！」將遮陽傘往民宿牆邊一放，花忍冬一邊揚高嗓音，一邊踏進大廳。只是左右看了看，卻沒發現其他人，「欸？沒人在嗎？」

「我媽可能在午睡吧。」林綾笑著說道，垂在天花板上的吊扇帶來陣陣涼風，讓她忍不住手指交握地向後伸了個懶腰。

「左易，你要不要先去看看小蘿？」

林綾回過頭望向後邊的紅髮少年，那張狂妄的俊美臉孔只是稍稍抬起，漫不經心地看了她一眼。

他一句話也沒有回應林綾，只是自顧自走上樓。

左容見狀，便遞給林綾和花忍冬一記「我們先上去的眼神」，同樣一言不發地上樓。

「哎，這兩個實在是……」花忍冬聳聳肩，秀氣的臉龐上帶著狡黠的笑，一副看熱鬧的心態，「表現得太明顯了吧。」

「他們正青春嘛。」林綾輕柔說道，不過唇邊也揚起一抹饒有興味的弧度，顯然對於左容和左易的態度覺得有趣。

聽到這句話，花忍冬立即湊向林綾，眼巴巴地看著對方，「人家也很青春啊。」

「是是是，我知道花花的肉體很青春。」林綾笑著敷衍，渾然沒有發現這句話讓花忍冬的臉頰泛出可疑的紅暈，「我先回房換衣服，你幫我裝個熱水。」

「交給人家吧。」花忍冬興致高昂地拿起桌上的不鏽鋼水壺，走到飲水機那邊。

林綾很快就換好衣服出來，她從桌子底下拿出茶具與茶葉，先將一部分熱水淋在茶壺外，隨即熟稔地進行篩茶、高沖、低酌的動作。

坐在對邊的花忍冬雙手托著臉頰，笑咪咪地看著林綾的一舉一動，對方纖白的手指讓人想到了蝴蝶翩翩飛舞。

「林綾，妳似乎很喜歡喝茶呢。」花忍冬隨意找了個話題，「泡茶的動作也很熟練。」

「我不喜歡太甜的飲料，茶的味道對我來說剛剛好。」林綾溫婉一笑，恬淡的眉眼間透出柔軟，「至於泡茶的技術，是從父親身上學來的。」

「這麼說來，人家到現在都還沒見到父親大人耶。」花忍冬手指捲著髮梢，熱切地看向林綾。

「他都待在山上的工作室，明天我再帶你去看看吧。」林綾倒了一杯茶遞給花忍冬。

「眞的願意帶人家過去嗎？不可以反悔喔！」花忍冬眨巴著眼說道，接過茶杯後，卻只是盯著泛著香味的褐色透明液體，捨不得喝下去。

「冷掉就會變澀了。」林綾提醒，也替自己倒了一杯茶，姿態嫻雅地坐在沙發上，小口小口地啜飲。

花忍冬連忙將茶一飲而盡，殘留在舌尖上的甘甜味道讓他忍不住咂了咂嘴，眉開眼笑地向林綾伸出杯子。

「再來一杯。」

「花花，你是在喝茶，可不是在灌蟋蟀啊。」林綾笑著搖搖頭，但還是先放下手裡的杯子，替花忍冬再倒一杯。

就在花忍冬笑嘻嘻地準備接過杯子之際，樓梯那邊傳來了急促的腳步聲，以及一道暴躁的低吼。

「花忍冬！」

「是！」被點名的少年下意識站起身，挺直背脊看向衝下樓梯的左易，對方那雙狹長的眼此刻滿是戾色。

「怎麼了，發生什麼事？」林綾也跟著起身，眼裡滑過詫異。

「小不點呢？你不是說她跟夏春秋那個小矮子一起回來的嗎？」已經換上乾淨衣物的左易吊高一雙銳利的眼睛，惡狠狠地瞪著花忍冬。

「是一起回來的沒錯啊……」花忍冬反射性說道，但他隨即就從方才那句話意識到什麼，一雙細長的狐狸眼頓時瞪大，「等等，左易，你的意思是……小蘿不見了？」

「房裡只有那個小矮子。」左易焦躁地咂了下舌頭，「那傢伙不管怎麼叫都叫不醒，左容正在顧著。」

「叫不醒？」林綾詫異地問，「這是怎麼回事？」

「我如果知道還須要問你們嗎？」左易冷冷瞪了林綾和花忍冬一眼，手指壓不住煩躁地握起。

左易惡劣的態度，林綾並沒有放在心上，她快步走向左易，「帶我們去看看情況吧。」

左易沒有吭聲，只是陰沉著臉色轉身上樓，花忍冬也急急忙忙追上去。

很快地，三人就來到了三樓的房間，此刻房門並未掩上，反而是大大地敞開，因此很容易就可以窺見房裡全貌。

左容正坐在床沿，眉頭緊皺地看著陷入沉睡的夏春秋。察覺到外頭傳來腳步聲後，她抬起眼，神色難掩凝重。

「可能是被人下藥了。」

「下藥？」花忍冬發出一聲驚呼，三步併作兩步地跑到床邊，伸手推了推夏春秋，見對方沒有反應，又用力掐著他的手臂。

以花忍冬的蠻力，就算是睡得再怎麼熟的人也會因爲這陣刺痛而甦醒——前提是要自然睡著的人——然而夏春秋卻是連動都沒動一下。

「房裡多了兩個杯子，是現榨的檸檬水，也是最有可能被下藥的東西。」左容神色一如往常冷靜，但仔細一看就會發現，那雙剔透的眼眸裡湧現憤怒，彷彿一團正在悶燒的火焰。

「有點奇怪……」林綾喃喃說道，這極輕的四個字也同時落到另外三人的耳裡。

「小蘿不見了，小夏被下藥……也就是說，民宿裡有某個人，不知道基於什麼原因，有計畫地想要對小蘿出手嗎？」

「除了我們之外，民宿裡還有誰？」左易沉聲質問。

「一樓是我和媽媽的房間，二樓住了你、左容、花花，還有一位方小姐。三樓則是小夏他們、我哥，以及一對姊妹。」林綾迅速提出每層樓的房客名單。

「是嗎？」左易神色陰沉，掉頭就走，那步伐又急又快，甚至透出一股暴躁的味道。

花忍冬和林綾見狀，忙不迭追出去，然而一出房門、來到走廊上，就看到隔壁房間的門板已被推開，謝麗心與謝麗雅都不在房內。

再往前一段距離，左易正站在林霖房前，用力敲了幾下門，見無人回應，便不客氣地就要踹門。

「你該不會是想一間間地搜？」花忍冬吃驚問道。

「等一下，左易。」林綾態度鎮定許多，她一邊跑向左易，一邊從口袋裡掏出一串鑰匙，「這是所有房間的備用鑰匙。」

左易嘖的一聲放下腳，接過林綾遞來的鑰匙串，挑出上頭刻有林霖房間號碼的鑰匙，插進鎖孔裡。

左易粗魯地打開門，門板撞擊在牆壁上的巨響頓時迴盪在走廊上。

「左易，房裡有人耶。」花忍冬將頭探進房裡，隨即訝異地張大眼。

他看見林綾的兄長正坐在椅子上，頭歪一邊，幾乎快要貼上肩膀，雙眼緊閉，顯然是睡著了。

奇異的是，林霖的鼻梁上依舊掛著眼鏡，而且方才那重重的撞擊聲竟然沒有驚醒他。

「喂，哥哥、哥哥！」花忍冬扯開嗓子大喊，甚至跑到林霖身邊，抓著他的肩膀晃了晃，對方卻遲遲沒有反應。

另一邊，左易已將房裡可藏人的空間都巡過一次，包括浴室，但並沒有發現任何可疑的地方。

不想再繼續浪費時間，他丟下仍試圖喚醒林霖的花忍冬，逕自走出去，往二樓前進。

「花花，快點跟上來。」林綾回頭喊了一聲，毫不在意陷入不自然沉睡的兄長。

「啊，等等人家啦！」

花忍冬急急忙忙追上林綾的腳步，兩人跟在左易身後，來到了方茉莉位在二樓的房間。

看著那扇緊閉的門扉，左易先試轉了下門把，確定被鎖住後，立即沒有任何遲疑地將備用鑰匙插進去，開鎖、推門的動作一氣呵成。

然而才剛踏進房裡，左易的臉色就變了。並不是說他看到了什麼，相反地，房間裡很乾淨，沒有任何行李雜物，被子也整齊地疊放在床鋪上。

「真是奇怪，方小姐的退房時間並不是今天。」林綾環顧四周一眼，從腦海裡搜索出對方的登記資料。

這句話才剛落下，左易、林綾、花忍冬突然聽到一陣砰砰砰的撞擊聲從浴室裡傳來，同時伴隨著的還有一陣細微的嗚咽聲。

「誰！」左易一個箭步衝到浴室前，迅速打開門。

當浴室裡的景象映入眼底時，不只左易愣了下，就連林綾都愣然地張大眼，花忍冬更是直接驚呼了出來。

嘴上貼著膠布、被繩索緊緊捆綁在椅子上的少女，正狼狽地連人帶椅倒在浴室的磁磚上。她與門板離得很近，不難想像方才的聲響就是她昂著腦袋撞門所發出來的。

看見三人後，少女更是拚命地想要從喉嚨擠出聲音，只是嘴巴被膠布緊緊貼住，讓聲音只能化成可憐的悶哼。

左易很快就從愣怔中回過神來，他蹲在謝麗心身前，一把將她嘴上的膠布撕掉。

顧不得膠布脫離皮膚時帶來的刺痛，謝麗心張著嘴想要喊出求救的話語，但是左易卻比她快一步開口。

「說！有沒有看到妳們隔壁房間的小女孩？」

左易抓起謝麗心的衣領，俯視的臉孔滿是陰鷙，讓本就飽受驚慌的她不禁瑟縮起來，蒼白的嘴唇張著，卻吐不出任何話語。

「等等，左易，你快放手！」花忍冬見狀，急忙擠進浴室裡，試圖讓左易鬆手，「人家知道你很著急，但再怎麼著急，總得先將她身上的繩子解開。」

「花花說的很有道理。」林綾柔聲勸道，「左易，你這樣會嚇到謝同學的。」

左易冷冷看了謝麗心一眼，總算鬆開她的衣領，但他也不打算幫忙解開對方身上的繩子，只是不發一言地站到一邊，眼底的陰狠並沒有完全褪去。

覷了面無表情的左易一眼，花忍冬暗暗嘆了口氣，對於左易這種不將其他人當回事的態度，他早已見怪不怪。

一邊在心底感嘆著同伴的差勁性格，花忍冬一邊俐落地解開繩子，沒過多久，就將謝麗心身上所有繩索都拆下來。

謝麗心倒臥在磁磚上，手腕和腳踝都有一圈被繩子綁出的紅痕。她喘著氣，想要撐起身體，但因為被綁在椅子上過久，讓她試了幾次都爬不起來，看起來狼狽不已。

看到謝麗心難過得快要哭出來的表情，林綾輕輕將她的手環在自己肩上，稍微使了下力，將她扶起。

看到林綾的動作，花忍冬立即將那張被翻倒的椅子擺正，好讓謝麗心可以靠坐在上頭。

瞧見那名滿身狼狽的少女已經坐在椅子上，正在調整紊亂的呼吸，左易雙手環胸地站在她身前，狹長的眼凌厲得像把強刃。

「告訴我，妳有沒有看到妳們隔壁房間的小女孩？」

謝麗心似是回想起什麼，驚慌失措地張大眼睛，渾身控制不住地發起抖來。

「救她……快點救她……她被、被裝在行李箱裡帶走了……」

「妳說什麼?」左易瞳孔驀地一縮。

「是……方茉莉……」這個人名從嘴裡吐出來的時候，謝麗心的身體抖得更加厲害了。她想起女人溫柔卻冷酷的眼神，想起筆電裡那些照片，「她、她有病……她已經不是正常人了……她想要把人裝進行李箱……我發現了她的祕密，她就把我、把我關起來……」

謝麗心話語斷斷續續，像是沒邏輯地跳來跳去，兩隻手緊緊地握成拳頭，指甲掐入了皮膚裡。

左易像是沒有看到她的驚慌，只低冷著嗓音，一字一句地問，「那個女人什麼時候離開的，知道她去了哪裡嗎?」

「我、我不知道……」

謝麗心慌張地搖著頭，但一對上左易暴戾的眼神，她縮著肩膀，拚了命地回想身體所能感受到的時間流逝。

「應該……應該有半小時了……她可能會去、會去……」

謝麗心哆嗦地避開左易的視線，試著從她與方茉莉的對話中尋找到蛛絲馬跡。

但是，沒有，不管她怎麼想就是沒有任何線索。她無助地搖搖頭，求救地看向林綾。

「我想不出來……對不起、對不起……」

左易臉色閃過瞬間的狂怒，就在花忍冬緊張地盯著他，深怕他會衝上去抓住謝麗心的衣領時，左易卻猛地轉身就走。

「花花，櫃台那邊有監視器螢幕可以看。謝小姐由我照顧就好。」

林綾話聲剛落，花忍冬已知機地追出去，很快就在樓梯口看到左易的身影。

「等等，左易！」花忍冬大聲喊道，「你先停下來！」

左易緩下腳步，眼神凶狠地看了花忍冬一眼，「你沒有要幫忙的話，就別來礙事。」

被左易的視線瞪得渾身發寒，花忍冬勉強擠出一抹安撫的笑容，「人家當然想救小蘿，不過林綾說了，咱們可以先去櫃台那邊看監視器，說不定會找到一些線索。」

蔚藍海岸民宿唯一有裝監視器的地方就是大門，那也是唯一的出入口。如果方茉莉要離開，她的身影誓必會被監視器錄下來。

似乎是嫌跑下樓梯太慢了，左易單手撐在樓梯扶手上，俐落地翻身躍下。

花忍冬見狀，猶豫了幾秒後，也學著左易的動作翻過扶手。雖然剎那間好像聽到什麼東西啪滋裂開的聲音，不過非常時候，就不要去在意這點兒小事了！

花忍冬理直氣壯地追上左易，兩人來到櫃台後，打開監視器螢幕，摸索了下介面，很快就找到存放錄影檔案的地方。

再依照謝麗心所說的時間，調出最有可能錄到方茉莉的幾段影片，用快速播放的模式檢視起來。

幸運的是，他們沒有浪費太久，就找到那拖著褐色大行李箱的纖細身影了。只要一想到行李箱中竟是裝著夏蘿，花忍冬就覺得不寒而慄。

「那個女人帶著行李箱，不可能走那麼遠的。」左易盯著螢幕，表情陰沉。「她往右走，所以是想要去搭車……」

花忍冬想起他們前來黑岩村的交通工具就是客運，而從蔚藍海岸右側一直走下去，是可以抵達客運站的。

「這麼短程的距離，計程車不會載，我們現在追上去還有機會。」左易也不囉嗦，一邊大步走出民宿，一邊拿出手機按下左容的號碼。

當手機鈴聲響起時，左容正好在跟林綾講電話——兩人是用房裡的分機聯絡的。

她擱下話筒，接起手機，左易陰冷暴躁的聲音頓時從裡頭傳出。

「從監視器看到那個女人了。她出了大門就往右走，估計是要去搭車，妳幫我……」

「往左走。」

一道細碎模糊的低喃忽地落在空氣裡，讓左容下意識回過頭。

她以爲夏春秋醒來了，然而床上的黑髮少年仍舊閉著眼，彷彿陷入了深沉的睡眠之中。

但再仔細一看，就會發現他眼皮底下的眼珠子正不安地轉動著。

「春秋？」左容試著喚了一聲。

「左邊……去後山……」

夏春秋夢囈般地說著，額際逐漸滲出冷汗，本來平靜的表情開始變得紊亂，彷彿陷入了夢魘中，呼吸也跟著急促起來。

「春秋，你聽得到我說話嗎？」

「看到袋子，往右……不要停下來……」被魘住的夏春秋不自覺扯住床單，抓出了凌亂的縐褶，眼皮底下的眼珠子動得更快了。

左容維持將手機貼在耳邊的姿勢，在床邊坐下，她握住夏春秋的手，試著讓對方平靜下來。

但下一秒，夏春秋無預警地睜開眼，聲音如同繃到極緊的弦。

「跑……快跑！小蘿！」

「春秋！」左容緊緊握住他的手，這一次的勁道比先前還要來得重上許多。

然而夏春秋明明是張著眼睛，卻好似看不見正低頭俯視他的左容，也沒有察覺到手上傳來的力量，那雙黑眼睛黯沉得不見光芒。

房裡安靜得針落可聞，只剩手機另一端的人不耐煩地喂喂兩聲。

毫無焦距的注視只持續了一會兒，夏春秋又重新闔上眼，鼻息漸漸趨於平緩，方才的甦醒如同一場錯覺。

左容眼裡的驚疑只停留了一剎那，她很快就做出決定。

「往左走，去後山，看到袋子之後選擇右邊的路。」在對方的質問衝出口之前，她以不容置疑的語氣壓制對方，「別問，聽我的。現在就出發，小蘿很危險。」

這句話明顯起到效用，左容只聽到耳邊傳來嗶的一聲，左易已二話不說結束了通話。

將手機放到床頭櫃，左容修長的手指依舊圈住夏春秋的手，她不發一語地垂著眼，凝視那張略顯蒼白的睡顏。

就在左易與花忍冬剛踏出民宿大門時，夏舒雁正提著一袋東西悠閒地朝他們走來。

「怎麼了？兩個人的表情都那麼難看？」夏舒雁訝異地挑高眉。

幾乎同一時間，另一道婉約但帶著困惑的嗓音也從後方響起。

「樓上是不是發生了什麼事？」

花忍冬回過頭，看見韓秀瑜正一臉不解地看著他們。

一位是林綾的母親，一位是夏蘿的姑姑，就算左易再怎麼自我中心，也不至於看也不看兩位長輩一眼，逕自離開。

他勉強壓下焦躁的情緒，陰沉著表情開口，「小不點被二樓的那個女人帶走了。」

「等等，爲什麼小蘿會被方小姐帶走？這是怎麼回事！」夏舒雁的聲音不禁揚高幾度。

「小姑姑，時間緊迫，妳跟著左易走。」花忍冬瞧見左易眼底的焦灼越聚越多，彷彿快要噴湧出來，知道再對兩位長輩解釋事情的前因後果的話，絕對會浪費不少時間，當機立斷地示意左易先走。

夏舒雁也不囉嗦，將袋子往地上一放，跟上紅髮少年的腳步。

花忍冬回過頭，對韓秀瑜露出一抹歉意的笑容，「阿姨，請妳先幫我們報警，二樓的那位方小姐有問題。詳情妳再問林綾。」

拋下這句話，他也匆匆跑出民宿，每個步伐都跨得極大，力求在最短的時間內追上左易和夏舒雁。

很快地，三人的身影就變成了小小的點，消失在韓秀瑜的視野中。

「究竟是……發生了什麼事？」韓秀瑜怔怔地站在原地，一臉茫然。花忍冬的交代雖言猶在耳，但她一時之間還無法反應過來。

誰被帶走了？被方茉莉？爲什麼？

韓秀瑜一頭霧水，但她還是謹記花忍冬的交代，遲疑一下子之後便走到櫃台前，拿起話筒就要報警。

此時，一串緩慢卻沉重的腳步聲從另一側響起，她回過頭，頓時看見林綾扶著謝麗心走下來。更正確一點來說，是謝麗心緊緊抓著林綾的衣角不放，臉上是驚魂未定的表情。

「媽，妳報警了嗎？」或許是在樓上聽到了花忍冬臨走前的大喊，林綾輕聲詢問。

「正準備打給派出所。」韓秀瑜握著話筒說道，由於她的視線掩不住擔憂地滑向謝麗心，所以號碼遲遲沒有按下，「麗心怎麼了嗎？看起來像是受到驚嚇……」

「剛剛發生了一些事，我等等再告訴妳。」林綾以眼神示意謝麗心先到沙發那邊坐下，自己則走向母親，「媽，麻煩妳跟所長說，請他們注意一個黑色長鬈髮、嘴角下邊有一顆痣，並且提著褐色仿木紋行李箱的女人……方小姐把小蘿裝在行李箱裡帶走了。」

「妳說方小姐她……但是這沒有道理啊！」韓秀瑜不禁倒抽一口涼氣。

「事情的原因我也不清楚。」林綾眼裡的情緒被垂下的長睫毛遮住，「不過唯一可以確定的，就是小蘿已經被她帶走了。」

「好，我立刻通知所長。」得知事情的嚴重性之後，韓秀瑜忙不迭撥打村裡派出所的號碼，電話很快就被接通。

看母親正急切地說著電話，林綾抬手揉了揉太陽穴，「因爲是這一天的關係嗎？才會發生這麼多事……」

這句嘆息極細微，除了林綾自己以外，沒有任何人聽到。

縮在沙發上的謝麗心察覺林綾的靠近，立即仰起頭，仍舊餘悸猶存。

「放心，一切都會沒事的。」林綾回以一抹安撫的微笑，「我開電視給妳看吧。」

謝麗心胡亂地點點頭，不管是看電視也好，聊天也好，只要能轉移注意力，不要讓她再回想起被關在浴室裡的可怕經驗就好。

她絞著手指頭，試圖平復慌亂的心緒，這時她突然想到，扣除掉那幾個高中生，民宿裡似乎沒有再看到其他人……

「我姊呢？林霖先生呢？怎麼沒有看到他們？」謝麗心忍不住揪緊林綾衣角，緊張地詢問，深怕這兩人會不會也出事。

「我哥在三樓，他沒什麼事，但是我們剛剛並沒有看到謝麗雅小姐。」林綾避重就輕地帶過兄長被下藥的事，「會不會是出門了？」

「也對……姊都這麼大一個人了，那個女人不太可能會對她做什麼事。」謝麗心縮起兩隻腳放在沙發上，雙手環住膝蓋，像是要讓自己安心般地說道，「既然林霖先生都沒事了，我姊更不可能有事……可能是去村裡逛逛了，昨天聽她說想要出去散散心……」

林綾一手輕拍了拍謝麗心的背，一手拿起遙控器，隨意切換電視節目。就在這時，一則插播的新聞讓她停下了轉台的動作。

林綾將電視聲音調大。

新聞快報，這個月十日，白沙村一名國中女學生放學後並未回家，從此音訊全無，她的父母心急如焚，擔心女兒遭到誘拐。

據女學生的同學說，她們曾在學校附近的便利商店，看到一名長髮女子與女學生說話。警方懷疑，女學生極有可能遭到該名女子誘拐。

目前警方已調閱商家的監視器，並將該名女子的畫面公布出來，如果有民眾發現這名身高約一百七十公分、留著黑色長鬈髮、嘴角下邊有顆痣的女人，請盡速通知警察。

看著畫面上公布出來的女學生與女人的照片，謝麗心驚駭地瞪大眼，如同被掐住脖子般擠出嘶啞的聲音。

「是那個女生……方茉莉的筆電裡有她的相片……她殺了、殺了那個女生……」

第八章

黑暗充滿了夏蘿的視野，儘管張開眼睛，卻什麼也看不到，只能感覺到自己的身體被震得一顫一簌。

她的膝蓋不舒服地屈起，想要伸展，但鞋尖很快就碰觸到硬物，好像只有這個姿勢才可以讓她存在於這個空間。

夏蘿緊緊咬住嘴唇，稍微轉頭，大而幽黑的眼睛試圖搜尋一絲一毫的光線。然而放眼所及，依舊一片黑暗，擁擠的黑暗、混雜著不明腐臭味的黑暗。

整個空間裡只聽到心臟怦咚怦咚的跳動聲，以及夏蘿吸著鼻子、有些呼吸不暢的碎響。她緩慢地伸出兩隻小手，然而還未等到她把手臂完全伸直，指尖已碰觸到硬物，就像是一面牆壁或是一面板子，感覺有點薄，因爲夏蘿可以隱約聽到從外頭傳來的喀啦喀啦聲。

自己被關在某個東西裡的認知立即躍出腦海，夏蘿壓不住害怕地握了握拳，呼吸更加急促。她將嘴唇又咬得更重一些，只有這樣做，才可以吞下那幾乎要湧出來的哭泣與哀鳴。

夏蘿閉上眼睛，雖然不管是睜開還是閉上都一片幽暗，但她還是想藉由這個動作回想、整理先前發生的事。

她想起在民宿走廊上遇到的方茉莉，想起對方溫柔的微笑和友善的話語，但她還是難以自制地打了個寒顫。

那個女人眞的好可怕，爲什麼她的身上會有一股讓人不舒服的味道？就好像、好像食物在冰箱裡放太久而腐爛的臭味……

夏蘿忍不住恐懼地將小臉埋在膝蓋上，從四面八方滲進來的喀啦聲，讓心底的驚慌越加濃厚。雖然不知道自己現在在什麼地方，但是夏蘿可以肯定，她已經被帶離民宿了。

那不斷從身下傳來的震動與顚簸感，說明自己被關在某個東西裡頭，被拖行在一條凹凸不平的路上。

「哥哥……」夏蘿無聲地在心底默唸著，好像想要從這兩個字得到勇氣。

她咕咚地吞下口水，強迫自己將兩隻握成拳頭的手放開，手指再次顫顫地伸出，搭在那兩面硬板上，緩緩往下摸。

夏蘿又吸了幾口空氣，不知道是不是自己的錯覺，那股腐臭味更加明顯了，幾乎令她湧現不舒服的噁心感，但肺部的灼熱卻讓她不得不用力呼吸。

夏蘿晃了晃頭，想要擺脫大腦裡的暈眩感。

她繼續摸索起四周，摸到了拉鍊、摸到了伸縮扣環，還有一層網狀的布料……

夏蘿的臉色越來越蒼白，手指甚至控制不了地顫抖起來。這些東西，還有這個方形的空間，就像是……

就像是一個行李箱！

她被關在行李箱裡面了嗎？

夏蘿單薄的胸膛快速起伏著，從喉嚨裡竄出的氣音迴盪在這個封閉的空間裡，她幾乎要發出悲鳴了。

「哥哥……哥哥……」夏蘿哆嗦著嘴唇喊道，大眼睛不停眨呀眨，拚命想要忍住從眼底湧現的濕意，「不可以哭……夏蘿不可以哭……」

她抽噎地吸了吸鼻子，兩隻小手握得緊緊的，試圖壓下心底的害怕。

就算身體依舊在發抖，夏蘿卻不願讓哭聲從喉嚨裡湧出。為了壓抑住可能會引起注意的哽咽，她緊緊咬住右手食指，確保自己不發出絲毫聲音。

然後她又急促地呼吸了幾下，雖然鼻間滿是腐敗的臭味，可是夏蘿知道，如果自己不吸進這些空氣，她會更加痛苦。

一手放在嘴裡咬著，一手沿著身邊的硬板再次摸索起來，夏蘿試圖尋找任何可能讓自己離開的方法。

就在這時，身下的顛簸突然停止了，夏蘿僵住身體，幽黑的眼睛裡滿是恐懼，但是她卻不肯閉上眼。

或許、或許……這是她逃走的唯一機會！

她更加用力地咬住手指，一雙眸子瞪得大大的，緊張地等著下一刻即將發生的事。

夏蘿可以察覺到關住自己的東西被翻轉過來，身體彷彿也跟著轉了半圈。然後，她聽到細微的喀噠聲，就像是什麼東西被解開的聲音。

夏蘿小幅度地動了動被強迫屈起的雙腳，腳踝處有些發麻，甚至傳來陣陣刺痛感。但夏蘿卻只是更加用力地咬著手指，倒吸一口氣，將小腿往大腿的方向靠近，試圖讓發麻的腳可以盡快活動。

喀噠聲很快就消失了，緊接著響起的，是一道熟悉又陌生的嫵媚嗓音。

「應該還沒窒息吧？」

夏蘿身體繃緊，那雙黑亮亮的大眼睛瞬也不瞬地注視上方，空著的另一隻手悄悄脫下自己的鞋子。

下一秒，蓋子被掀開了，光線大量闖入，讓被囚禁在黑暗裡的夏蘿幾乎快睜不開眼；在上頭晃動的人影極爲模糊，然而她卻不管不顧，只是拚了命地將手裡抓著的鞋子朝上方人影扔出去。

面對突然砸來的物體，下意識閃避是人類的反射動作，而這也是夏蘿可以逃跑的唯一機會。

因此當夏蘿扔出鞋子後，她甚至看也不看那道人影是否有躲開，只是手腳並用地從行李箱裡爬出來。當腳丫子一踩到地面，她唯一的動作就是使盡全身力氣地往前衝。

跑！快跑！絕對不可以停下來！

夏蘿的腦海裡只剩下這個念頭，再也做不出多餘思考，驚慌失措地擇路就跑，一頭栽進了右邊茂密的樹林裡。

「眞是個狡猾的壞孩子。」方茉莉從地上站起，那雙嫵媚的眼充滿冷酷。

如果這個時候花忍冬等人在場，一定會驚訝於方茉莉的轉變。

對方那頭黑色長鬈髮已變成短髮，唇角下的黑痣被遮瑕膏蓋住，一副黑色的粗框眼鏡遮住她大半臉龐，就連原本穿在身上的紅色外套，也已翻到黑色的那一面。

現在的方茉莉看起來就像是另一個人。

注視著立即被綠意吞沒的嬌小身子，方茉莉覺得自己還是太不謹愼了，她不該爲了貪看一眼小女孩蜷在行李箱裡的畫面，而提早打開。

她應該將防塵罩套上行李箱，藏起行李箱的花色，然後照著原定計畫前往另一家已用假身分預定的民宿入住。

蔚藍海岸只有大門口裝設監視器，不管是小女孩的家人還是警察，在看到監視器畫面時，只會認爲她已經離開黑岩村，根本不會想到她還大膽地留在村裡。

越危險的地方就是越安全的地方。

方茉莉原本對一切信心滿滿，然而她的疏忽卻讓自己陷入了危機。

如果讓那個小女孩順利逃走……

不，不會發生這種事的。

錯誤就得矯正回來。

方茉莉馬上平復好心情，紅潤的嘴唇彎了彎，從旅行袋裡抽出一把鋒利的柴刀。

「好了，處罰的時間到囉。」拋下行李箱與旅行袋，方茉莉順著夏蘿逃跑的方向邁出步伐，眼底承載的笑意讓人毛骨悚然。

她越走越快，鞋跟踩地的聲音如同預告著夏蘿生命的倒數一般，沒過多久，一抹慌亂奔跑的小小身影就映入眼底。

方茉莉不禁愉快地笑了，手裡握著的柴刀隨即揮起——

「哈啊！」彷彿溺水的人終於將頭探出水面、吸入新鮮的空氣一般，夏春秋猛地睜開眼睛，坐起身子。

「春秋？」坐在床沿的左容握著夏春秋的手，仔細注意他的眼神、表情，想要藉此判斷對方是眞的從夢中掙脫出來，抑或是又一次的短暫甦醒。

「我看到小蘿了……她在後山的森林裡，有人、有人在追她……我認得她，是那個女人！她的手裡握著刀子……小蘿有危險，我得去救她！」

夏春秋語速越來越快，那是一雙還沒有從夢魘中脫離的眼神。

「春秋！」左容抓緊他的手腕，厲著聲音又喊了一次他的名字。

或許是左容的手勁太重，也或許是那聲呼喚讓他清醒過來，只見夏春秋身子一震，一雙失神的眸子終於漸漸對準焦距。

「這裡是？」夏春秋看著坐在床邊的左容，方才籠罩在腦海裡的綠意突然變成了以藍白色爲基調的房間，讓他一時無法回過神來。

「你們的房間。」左容的聲音放得極輕，像是怕驚擾他似的。

「這樣啊……」夏春秋心有餘悸地鬆了一口氣，「原來是我在作夢，幸好只是夢。小蘿怎麼可能會被人關在行李箱帶到後山那邊……這實在是，最差勁的惡夢了……」

「那不是夢。」左容握住他的手腕，一字一句地說，「春秋，那個住在二樓的女客人把小蘿帶走了，左易他們現在正追過去。」

「妳……在開玩笑吧，左容？」夏春秋怔住了，想從對方臉上尋找出「這只是一個玩笑」的蛛絲馬跡。

但理智卻又告訴自己，左容不管是做事還是說話，絕不會拿這種事亂開玩笑。

「所以說、所以說……」夏春秋緊緊拽住被角，喉嚨有些發乾，瞬間張大的眼再次湧出慌亂，「小蘿真的被帶走了？」

左容神色嚴肅地點點頭。看見這個動作後，夏春秋立即掀開了被子，想也沒想地就要跳下床。

然而左容動作更快，她的手指像是鐵箍一樣，緊緊抓著他不放。

「你要做什麼？」

「我要去救小蘿！」夏春秋試著掙了掙，卻怎樣都掙不出左容的箝制，反而失衡地跌坐在床上。

「春秋，聽我說。」

左容深怕自己一鬆手，夏春秋又趁機跑出去，她乾脆將他壓在床上，雙腳跨在他的腰側，由上而下地壓制住。

「你現在追上去也已經來不及。相信左易和花忍冬吧，他們可以找到小蘿的。」

「就算是這樣……」夏春秋不死心地想要推開左容，「我還是沒辦法什麼都不做地待在房間裡，那是我的妹妹，是我的妹妹啊……」

或許是藥性還沒完全退去，他的動作顯得如此無力，根本撼動不了左容。

夏春秋注意到自己身體的異狀，表情越發焦慮，他緊緊攀住左容的手臂，彷彿對方是此刻唯一的浮木。

「究竟是爲什麼……她要帶走小蘿？」

「我不知道。」左容搖搖頭，輕輕將夏春秋的手指拉下來，放回床上。猶豫了一下之後，她摸上對方的臉，試圖平復他焦灼的情緒，「不要擔心，春秋，一切都會沒事的，小蘿一定會被左易他們帶回來。你先前被下藥，藥效可能還沒有完全消退，這個時候不適合跑出去。」

「我……被下藥？」夏春秋不敢置信地問。

「我們回來的時候沒看到小蘿，只看到你在床上，怎麼叫也叫不醒。」左容將先前的事簡略地敘述一遍。

夏春秋越聽越心驚，他僵硬地仰起頭，看向擺在床頭櫃上的馬克杯。

被下藥的飲料、被裝在行李箱帶走的妹妹，所有的一切就像是預謀好的……但是夏春秋卻怎麼想也不明白，方茉莉究竟為什麼要帶走夏蘿？

如果不是自己喝下對方給的飲料，那麼，這件事是不是就不會發生？夏春秋臉色蒼白，用力捏緊拳頭，身子不受控制地顫抖起來。

彷彿知道夏春秋在想什麼，左容無比認真地說道，「這不是你的錯。春秋，沒有人知道她會對小蘿下手。」

「可是……」夏春秋想要反駁，但左容的嗓音卻比他更快一步。

「就算你沒喝下那杯飲料，那個女人也絕對會用其他手法排除任何可能妨礙她的人。」左容凝視著像是無法接受這一切的夏春秋，「我很慶幸，你只是被下藥，並沒有遭遇到什麼危險。」

她的表情如此誠摯，夏春秋的嘴唇張了又闔，一時間不知道該說什麼。

就在這個時候，手機鈴聲突然響起，聲音是從地板上傳來的——顯然是在兩人方才的拉扯中，被失手撥到地上的。

左容從夏春秋身上移開，坐在床邊彎身撿起手機。她看了一眼螢幕上的來電顯示，按下通話鍵，將手機湊近耳邊，輕輕地「喂」了一聲。

「左容，是人家！」

花忍冬略顯急促的嗓音透了出來，夏春秋連忙撐起身體，緊張地盯著左容手裡的手機。

「看到旅行袋了，但是很奇怪，那個行李箱卻消失了。妳確定真的是往右走嗎？右邊都是樹啊。」

正當左易、花忍冬、夏舒雁三人追著方茉莉的行蹤來到後山時，民宿一樓的走廊底端，隱隱約約地傳出歌聲，那聲音很輕很細，卻撬開了謝麗雅的意識。

「妹妹揹著洋娃娃，走到花園來看花，娃娃哭了叫媽媽，樹上小鳥笑哈哈……」

謝麗雅茫然地張開眼睛，光線進入眼底，她仍覺得整個腦袋都迷迷茫茫的，像是糾結成一團的毛線球，無論怎樣也尋不到線頭。

然後，歌聲消失了，就像只是一場錯覺。

突然進入眼內的光線讓謝麗雅感到些許不適，她忍不住閉上眼，試著梳理紊亂的思緒。

她目前唯一可以確定的，是她剛剛像是從一場睡眠、一場夢境，或者說一段無意識中醒了過來。

到底……發生了什麼事？

謝麗雅不自覺地呻吟一聲，她睜開眼，試著四周看了看，留意到自己竟是躺臥在地上，放眼所及是一格又一格的磁磚地面。

這個事實讓她不禁擰起眉，任誰都不會高興自己躺在地板上的。

謝麗雅慢慢將自己撐起來，腦海內仍是大片的迷霧不肯退散。

她不知所措地望著四周，這是一個房間，或是儲藏室……她不怎麼能夠確定，她看到了一張床鋪，上面還蓋著防塵套，可是周圍卻又被大量雜物佔領……最後，她乾脆認定這是一間被人拿來當作儲藏室使用的房間。

但是，是誰的房間？她為何會躺在這裡？

謝麗雅一手壓按著額角，試著讓自己站起來，過程很順利，她的身體顯然沒有任何問題。等到完全撐直身體，她可以更加清楚地看清身邊的環境。

混著橘黃色澤的光線正從窗外照進來，只是窗戶下半部被雜物遮擋住，所以沒辦法納入太多光線。

不過看這天色，謝麗雅能判斷出現在大約是黃昏。

頭還是有些暈，思緒也無法流暢理清，謝麗雅暫時放棄深究自己爲何會出現在這裡，她打算先離開這個地方。

就在謝麗雅握住門把的剎那間，她的耳邊捕捉到某種聲音。

模模糊糊的，可是，卻讓她不由得停下開門的動作。

那聲音，是哭聲，是屬於小孩子的稚嫩聲音。

有小孩子……在哭？

謝麗雅想到她先前離開自己的房間時，也是因爲聽到了小孩的哭聲。

她打開門，踏出那個如同儲藏室般的房間。說也奇怪，哭聲就像是察覺到她的動靜，戛然而止。

門外是一條走廊，謝麗雅認出來了，這是民宿一樓的走廊。走廊上共有三間房間，而她走出的正是位於最底端的第三間。

謝麗雅仍覺得自己的腦袋宛若一團漿糊，怎麼也沒辦法好好順利思考。她反射性朝走廊另一端走了幾步，接著就聽見聲音自外傳來。

隱隱約約，聽得並不是很眞切。

可是，謝麗雅依然聽出來了。那是韓秀瑜的聲音，那是林綾的聲音，還有，她妹妹的聲音。

她們三個人在聊什麼？謝麗雅怔然地想，腳步想要再跨出去，但沒想到又一道聲音無預警出現。

是哭聲，是先前聽過的小孩子哭聲。這一次比稍早前還要清晰。

小孩子的哭聲依舊抽抽噎噎的，不時還吸了幾次鼻子，就像是哭得上氣不接下氣。

雖然不知道外邊的三人爲什麼對這陣聲音毫無反應，但謝麗雅的身體仍下意識先一步行動了。

聲音是從走廊上的第二個房間傳出來的。

謝麗雅只頓了一下，隨即加快腳下速度。她大步走上前，準備好去安慰一個哭得淅瀝嘩啦的可憐孩子。可是就在她來到房門口、打開門，房內景象盡收眼底後，卻發現裡面什麼人也沒有。

壓根就沒有想像中的小小身影。

謝麗雅不禁愣怔地站在門口，開始懷疑這一切是不是她的幻聽，或者，是誰拙劣的惡作劇？

雖然沒有看到人，但她在門口站了好一會後，還是忍不住朝房裡踏出一步、兩步。

她走進了房裡。

下一秒，一聲極大的聲響驟然響起，毫無預警，嚇了沒有防備的謝麗雅一大跳。她差點驚呼出聲，反射性朝身後看去。

房門被關了起來。

是誰關的門？謝麗雅的腦海裡才剛浮上這個念頭，從窗外吹進來的陣陣海風也拂起她的髮絲。

原來是風吹的關係……謝麗雅鬆了一口氣，雖然心臟還是怦怦地跳，但驚悸感已褪去許多，沒有像上一刻那般強烈。

謝麗雅沒去細想這麼大的聲音，爲何沒有引來客廳中交談的三人？

既然房門關起，謝麗雅一時也不急著掉頭出去。她知道這是誰的房間，所以，她感到好奇，而在好奇底下，是一種細微的敵意。

這是林綾的房間。

房裡的擺設構造，和她們所住的客房差不多，床鋪、梳妝台、書桌、木製衣櫃。而在書桌上，端坐著一尊穿著紅色洋裝的美麗人偶。人偶雙手交疊，潔白的臉龐光滑無瑕，眼睫微垂，半遮著玻璃珠似的眼睛，坐姿既嫻雅又安靜。

環視大半圈後，謝麗雅的視線最後停在衣櫃上。

那座木頭製的櫃子，尺寸大得有點驚人。

謝麗雅來到衣櫃前，遲疑了一會，還是決定拉開櫃門。她眞的很想知道，這個房間裡，爲什麼要放著這座大得有些突兀的衣櫃。

裡面擺放了什麼東西嗎？

謝麗雅的手指慢慢探向上漆的櫃門，就在即將碰觸到的時候，她閉了下眼再睜開，做了一個深呼吸，然後飛快拉開櫃門。

只有尋常的衣物，和一個行李箱。

謝麗雅不知道自己是覺得失望還是慶幸，她吐出一口氣，鬆開手，視線還是不死心地上上下下巡視一遍，最後看向那個被立在角落的行李箱。

謝麗雅如同受到蠱惑般地伸出手，但一會兒後又硬生生收住。她半咬著下唇，接著忽然轉身，快步跑至門前，貼著門板聆聽一會，再小心翼翼地將門打開一條細縫。

門外依然安靜，沒有任何人朝這裡走來。

謝麗雅重新將門關上，跑回衣櫃前，將行李箱拖了出來。行李箱出乎意料地輕，就好像什麼東西也沒裝。

她將行李箱輕輕置放在地板上。沒有衣櫃內的陰影，加上有光線照射，能夠一清二楚地看見它的模樣。

這是一個二十九吋的行李箱，褐色仿木紋的硬殼，邊角有些摩擦造成的損傷。

行李箱並未上鎖，只有拉上拉鍊。謝麗雅盯著那個隨時可以打開的行李箱，莫名地，她就是無比在意裡頭究竟放著什麼。

只要看一眼，再偷偷放回去，就不會有人發現……

好奇心終歸戰勝了道德心。她屏住呼吸，不敢再浪費時間，毫不猶豫地拉開拉鍊，將行李箱的硬殼往上掀開。

謝麗雅頓時倒抽一口涼氣。

原本蹲著的黑髮女子駭得跌坐在地，面容全被恐懼扭曲了，血色更是從她的面頰和雙唇上褪得精光。

行李箱內，居然蜷躺著一名小女孩。那狹小得過分的空間，將細瘦蒼白的手腳扭曲成奇怪的姿勢。

有著蒼白皮膚、黑色頭髮的小女孩，正用側躺的蜷曲姿勢，對臉色刷白的謝麗雅咧出微笑——她的身體是側躺的，整顆腦袋卻無視脖子的角度，硬生生地扳轉過來，正對著謝麗雅。

小女孩無血色的嘴唇翹了翹，笑得像是發現玩伴一樣地開心。

「妳也想要進來嗎？」

謝麗雅全身都在顫抖，抖得連尖叫聲都變得支離破碎，唯一能想到的就是逃。

沒錯，就是逃！

這個念頭才剛閃現，蜷縮在行李箱內的小女孩猛然伸出扭曲得像古怪花朵的手，一把拽住謝麗雅的手腕。

「不……！」謝麗雅連破碎的尖叫都無法順利擠出喉嚨，她覺得施加在腕上的力氣，大得像是要將她的手臂狠狠扯拽下來。她的身體難以控制地朝行李箱逼近再逼近，整個人如同遭到拖行。

她要被拖進去了……不、不可能拖得進去的！這根本就不可能……謝麗雅扭動著身子，拚死伸展另一隻手臂。

「不可以。」一道沉靜似水的嗓音這麼說道。

簡簡單單的三個字，卻讓拽扯著謝麗雅的小手驀地停了下來。

端坐在桌子上的美麗人偶猛地抬起頭，原本眼睫微垂的雙眼睜得又圓又大。

小女孩看著門口。

謝麗雅也使勁地扭過頭，眼裡迸出狂喜的光芒。有人……有人來救她了！然而在看清楚娉婷站在前方的身影時，她的臉孔頓時湧現驚疑不定。

長辮子、戴眼鏡的清麗少女不知什麼時候推門走了進來，她看著房裡古怪又悚然的場景，非但不驚慌，反而輕輕蹙起眉頭。

「不可以給母親添麻煩的。」

「但是我想要玩伴啊。讓她進來嘛，進來陪人家玩。」小女孩的語氣雖然軟綿中帶了點撒嬌的味道，但句子裡完全沒有半點退讓的意思。

她甚至將謝麗雅的手腕抓得更緊了。

骨頭像是要被捏碎的疼痛讓謝麗雅慘叫出聲，冷汗涔涔如雨下。

林綾沉默了一會兒，像是在猶豫什麼，但很快地，她就露出下定決心的表情，臉上浮現了恬淡的微笑，輕聲問道。

「妳想要哥哥嗎？」

小女孩的表情瞬間定格，但緊接著，那雙大而無神的眼裡湧出濃烈的渴望。

「放開謝小姐，妳有哥哥就足夠了。妳忘了今天是什麼日子嗎？你們約定好的。」林綾輕聲細語地誘哄。

「哥哥，對，我有哥哥就夠了。」小女孩咯咯地笑了，終於鬆開謝麗雅的手，臉龐轉了回去，嬌小的身子又恢復成安靜蜷縮在行李箱的姿勢。

那股可怕的抓扯力道消失了，但謝麗雅不但沒有逃出生天的感覺，表情反而變得更加恐懼，幾乎是以駭然的目光看著林綾。

彷彿眼前的少女是什麼怪物。

「妳、妳……」她蠕動著嘴唇，嘶著氣說。

林綾蹲下來，手掌覆上謝麗雅的眼，如歌似的婉約嗓音幽幽地在房裡響起。

「別擔心，謝小姐，當妳醒來之後，妳會忘了發生在這裡的事。」

「什……什麼……」謝麗雅想抓下林綾的手，但意識卻再次變得昏沉，思緒片片破碎，如同羽毛般散逸在黑暗之中。

她的眼皮漸漸閉闔起來。

「妹妹揹著洋娃娃，走到花園來看花，娃娃哭了叫媽媽，樹上小鳥笑哈哈……」

小孩子用軟糯的聲音唱著歌，行李箱自動闔上，輪子在地板上發出喀啦喀啦的聲音。

穿著紅色洋裝的美麗人偶眼睫微垂，端坐在桌子上的姿態既嫻雅又安靜，彷彿從頭到尾不曾改變過。

□

後山，枝葉被拂動的沙沙聲不斷竄進耳裡，橘色帶點鵝黃的光線從葉間縫隙灑下，在地上勾勒出淡淡的影子，也將橫倒在樹下的旅行袋鍍上一層極淺光膜。

站在不遠處的花忍冬將手機貼在耳邊，總是沾染笑意的眸子嚴肅地瞇了起來，他低聲與另一端的左容說了幾句話之後就結束通話。

深吸一口氣，他將手機塞回口袋，那雙細細長長的眸子抬起，看向前方。

大樹下的旅行袋已被夏舒雁完全打開，她將其餘東西都丟給花忍冬檢查，自己則是開啓了方茉莉的筆電。

瑣碎的雜物中沒有發現任何線索，花忍冬抬起頭，看向右邊樹叢前的左易。那名髮色艷紅的少年正一臉陰森地在周遭搜查夏蘿的蹤跡。

「左易，有發現到什麼嗎？」花忍冬乾巴巴地問。

就在剛才，他們三人腳步不停地追到了後山，在這段山路上發現了被扔置在樹下的旅行袋，還有一隻鞋子。

夏舒雁一眼就認出那是夏蘺的。

那也是花忍冬第一次看到總是一臉爽朗、笑得大剌剌的夏舒雁，露出那麼絕望驚恐的表情，她捧著鞋子的手都顫抖了。

左易沒有回答花忍冬的詢問，他像是連出聲的時間都不願浪費，只是一個勁地撥開那些繁茂枝葉，試圖找到任何蛛絲馬跡。

雖然左容說看到旅行袋要往右邊走，但範圍太大了，他不能、也賭不起，就這麼像一隻無頭蒼蠅般地栽進樹叢裡。

夏舒雁一邊查著筆電，一邊分神關心左易那裡的狀況；沒有回應，就表示什麼都沒有發現。她不禁苦澀地扯了扯嘴角，命令自己絕對不可以亂了方寸。

隨即，她又忍不住繼續大口喘著氣，胸膛一上一下地快速起伏。

和正值發育期、體力極好的花忍冬與左易不同，夏舒雁運動量一向不足，總是習慣宅在家裡的她，自然沒有足夠的力氣支撐她跑那麼大段的距離，她幾乎是靠著腎上腺素的爆發，才勉強追上兩個少年的腳步。

現在一坐在地上，肺部的悶燒感明顯到讓她連呼出來的氣息都是灼熱的，膝蓋與小腿不受控制地發著抖。

但夏舒雁完全不喊累，她再次低下頭，打開方茉莉的信箱、Skype、LINE、臉書聊天室——這個時候就不得不慶幸對方是設定爲自動登入——翻閱著那些信件往來與對話記錄。

她看到蔚藍海岸與另一間黑岩村民宿的預訂信，奇怪的是，兩間民宿的入住時間出現了重疊，預訂人也是不同的姓名。

是幫朋友代訂的嗎？但既然地點都在黑岩村，爲什麼不住在同一間民宿就好？

夏舒雁忽然想起花忍冬說過，他們從監視器裡看到方茉莉是往右邊離開的，但左容卻要他們往左邊走，去後山。

她飛快地將第二間民宿的地址丟進線上地圖搜尋，在看到跳出來的位置就在後山之後，一個大膽的猜測驀地跳了出來。

方茉莉根本沒有要離開黑岩村，她替自己弄了一個假身分，意圖躲進第二間民宿。

但中途不知出了什麼變故，才會讓她扔下旅行袋，甚至連筆電這麼重要的東西都顧不上，匆匆離開。

而且……夏舒雁視線定格在方茉莉的臉書聊天室。最新的聊天記錄停在八月十日，聊天對象的頭像怎麼看都是一個國中女學生。

就在這時，徘徊在右側樹叢前的左易忽然眼神一厲。

「找到了。」

雖然只是簡短的三個字，卻立刻將花忍冬與夏舒雁的注意力拉過去。兩人匆匆趕到左易身邊，看到他撥開的枝葉下露出了一大一小兩種鞋印。

森林內的空氣受到層層枝葉遮擋陽光的影響，濕氣本就較重，加上這座山是在海邊，腳下踩的土壤不僅潮濕，更比一般的土來得軟。

而夏蘿與方茉莉跑進去的這座樹林裡，這些柔軟的泥土使得她們的鞋子在踩踏上去時，留下了清楚的鞋印。

「我們快點追上去吧！」夏舒雁抱著筆電，挺直背脊，振作起精神，出聲催促著左易與花忍冬。

然而左易卻面無表情地看著夏舒雁，毫不客氣地說道，「小姑姑，妳體力不夠，會拖累我的速度。」

「左易，你說話可不可以……不要那麼直接？」花忍冬幾乎想要嘆氣了，他自然注意到左易使用的是「我」，而不是「我們」，顯然他與夏舒雁都在會妨礙的名單裡。

「我說的是實話。」左易冷冷甩下這句話，便看也不看花忍冬與夏舒雁，逕自往樹林深處延伸出去的鞋印追去。

看看已經跑得只剩下一小點身影的左易，再看看神色僵硬的夏舒雁，花忍冬擠出笑容，試圖緩和氣氛。

沒想到夏舒雁卻空出一隻手推了他一把。

「你快追上去吧，兩個人總比一個人好。」

「那小姑姑妳……？」花忍冬忍不住問道。

「左易說的沒錯，我的體力太爛，會拖累你們的速度。」夏舒雁自嘲地說，舉高手裡的筆電，「我在這邊等你們，順便檢查筆電裡還有沒有什麼可疑的東西。」

「人家知道了。」花忍冬點點頭，隨即不再猶豫地衝進樹叢，大步追上左易。

第九章

現在的時間，傍晚。

夏蘿只能從天色判斷大概的時間點，她身陷比想像中還要茂密的森林裡，那些交錯的枝葉就像是抗拒著外邊日光的照入。

旁邊橫出的樹枝不時刮上外露的皮膚，在手臂上、臉頰上留下淡淡血痕。

傷口迸裂的刺痛感，透過神經傳遞到大腦，夏蘿甚至覺得眼前景象會因此產生瞬間的模糊。她甩甩頭，就算身體已經發出疲憊的警告訊息，她也不敢停下。

對一個十歲的孩子而言，在森林裡慌亂地奔跑一大段路，是極爲耗費體力的一件事，尤其她一隻腳還是赤裸的。

身後的腳步聲、踩斷枯枝的折裂聲，無一不在提醒著她，追逐者仍舊存在的事實。

就算不用回頭，夏蘿也知道追著她的人是誰。

是方茉莉，那個將自己裝在行李箱、帶來後山的女人。

夏蘿大口大口地喘著氣，覺得肺部灼熱得像是要爆炸，彷彿有團火焰在悶燒，一路燒到她的喉頭。

一大片的濃綠、墨綠密密麻麻交錯，幾乎要侵佔了全部的視野。

夏蘿不知道自己究竟跑了多遠，只知道她一直往深處跑。身後的方茉莉依舊緊追不放。

就在下一秒，只顧著埋頭奔跑的夏蘿沒有注意到腳邊的石頭，腳步一個不穩，頓時失衡地向前摔倒。

膝蓋被石頭磨傷的刺痛感頓時竄了出來，但她卻顧不得細看傷口，只是驚駭地瞪大一雙眼，回頭看向身後。

方茉莉追上來了，原本柔順的短髮，此時顯得凌亂無比，身上也有多處被枝條刮傷的痕跡——因爲夏蘿總是挑著枝葉茂盛的地方跑。

女人的表情不再嫵媚溫柔，反而充滿可怕的冷酷，她神色猙獰地追上夏蘿，右手的柴刀沒有絲毫猶豫地用力劈下。

刀身陷在樹幹裡，發出了令人覺得背脊發冷的聲音。

夏蘿沒有想到自己腳下的一個打滑，竟然剛好救了自己。顧不得手肘和膝蓋的疼痛，她死命撐起身體，手指和手臂不住顫抖，急急忙忙再次奔跑起來。

方茉莉皺著眉想拔出柴刀，一隻手的力氣不夠，她抿著紅潤的嘴唇，兩隻手同時使勁，花了一番氣力才拔下來。

看著狼狽往前跑的夏蘿，那雙美麗嫵媚的眼陰狠地瞇了起來，毫無停歇地邁步追上去。

夏蘿覺得自己的腦海就只剩下兩個聲音，急促的心跳聲、紊亂的呼吸聲，她甚至以爲自己只能永不停止地跑下去。

可是，在穿過一側樹叢後，以爲不會停下的奔跑，終究硬生生被劃下一道休止符。

夏蘿的手心都是汗，背部也被汗水浸濕了。她劇烈地喘著氣，已經無法繼續往前跑了。前方無路。

就在距離夏蘿約五步遠的位置，是一處懸崖。懸崖下的幽暗就像是一隻張大嘴的怪物，隨時等著獵物跳入。

夏蘿驚慌地睜大眼，想要朝來時方向跑回去，尋找別條路，但前方樹叢發出了沙沙聲，有誰自裡頭穿了出來。

方茉莉臉上泛出細密的汗水，右手緊握柴刀，那模樣竟有種非現實感。當她看見夏蘿後頭的懸崖，慢慢揚起愉快的笑。

夏蘿只覺得手腳一陣發冷，眞的眞的，無路可逃了。但即使如此，她還是下意識挪動腳步，想和方茉莉拉開距離。

「眞是令人吃驚，沒想到妳竟然會跑到這個地方。」方茉莉向前逼近一步，見到獵物跟著緊張後退一步的模樣，讓她笑得越發欣喜，「現在，妳已經無路可逃囉。」

她握著柴刀朝夏蘿逼近一步，陶醉地瞇著眼，那張美麗的臉孔浮現興奮及瘋狂，「不要反抗，乖乖過來我這邊，我保證會將妳完好無缺地裝進行李箱裡。」

面對方茉莉柔軟並滿懷喜悅的嗓音，夏蘿驚懼地向後再退一步，但身後傳來的碎石滑動聲響，瞬間定住她的步伐。

不能再繼續後退了！

這個認知讓夏蘿身子忍不住發顫，身後是深不見底的懸崖，前方是握著柴刀的方茉莉，她已經不知道該如何是好了。

夏蘿用力咬著嘴唇，臉色慘白，儘管那雙大而幽黑的眸子滿是害怕，卻說什麼都不肯哭出來。

「來，乖孩子，過來我這邊。不小心掉下去的話，會摔成一團爛泥的喔。」方茉莉柔聲誘哄。

夏蘿搖著頭，兩隻手緊緊握成拳頭，彷彿想要藉由這個動作壓抑不斷的發抖。

方茉莉有些不耐煩地皺起眉，她一手握緊柴刀，一手向夏蘿伸去。就在這時，她突然聽到身後枝葉發出搖動的聲響，反射性回頭一看，一道矯捷精瘦的身影驀地從樹叢裡衝出來。

那雙吊高的狹長眼睛滿是戾氣，恍惚間，方茉莉幾乎以爲自己看到一頭野獸。

那是左易，他一路上追尋著兩種鞋印、被踩斷的枯枝，靠著所有能發現的線索，追蹤夏蘿的蹤跡。

「還不快跑？妳這個笨蛋！」染著一頭紅髮的少年厲聲大吼，視線卻看也不看夏蘿，反倒陰狠地瞪著方茉莉，那眼神彷彿要將她撕碎一般。

趁對方還沒反應過來，他猛地拽住她的手腕，另一隻手則是粗暴地強奪過那把柴刀。

「小蘿，快點過來！」比左易慢一步跑出樹叢的花忍冬心急如焚，一邊朝夏蘿招手，一邊分神注意被左易壓制在地、卻仍使勁掙扎的方茉莉。

雖然那把柴刀已被左易一腳踢開，但方茉莉的力道顯然也不容小覷，美麗的臉孔滿是猙獰，長長的指甲不只一次刮過左易的臉頰，甚至在他的眼角留下抓痕。

左易卻像是不以爲意，他凶暴地拉開嘴角，臉上的表情如此陰狠可怕，右手緊緊箝住方茉莉細白的頸子。

花忍冬越看越心驚，他甚至懷疑，如果夏蘿不在場，左易會不會就這樣將方茉莉掐死？

方茉莉的臉色越來越慘白，她拚了命地張嘴呼吸，左手試圖扳開左易的手臂，而她的右手卻悄悄向旁邊伸過去，指甲抓著泥土，只差那麼一點點就可以搆到了……

「左易，小心！」花忍冬驚呼一聲，看見方茉莉的手指抓住柴刀，朝壓在身上的左易揮過去。

當柴刀伴隨著勁風劃下時，左易往旁邊一滾，險之又險地避開鋒利的刀鋒，但卻也因此被迫鬆開了對方茉莉的箝制。

最糟糕的是，那雙狹長的眼看見夏蘿還怔怔站在原地，只是張著幽黑的眼睛，像是在瞪著什麼。

「妳他媽的還站在那裡幹什麼！」左易咆哮，幾乎連掐死夏蘿的心都有了。

從地上爬起來的方茉莉雖然渾身狼狽，但重新握住柴刀的她卻揚起嘴唇，嫵媚的眼眸看向左易與夏蘿。

然而，站在距離她不遠處的夏蘿，卻像是沒有察覺到那宛如瘋子的眼神，她的眼睛越睜越大，蒼白的小臉滲出了冷汗。

那明明只是一瞬間的事，但烙印在夏蘿眼裡，卻長得彷若永恆。

她看見方茉莉的背上攀附著一團黑影，黑影從原先的球狀逐漸伸展出細細的手腳，看起來只比她高上一些，就像是一個剛長開的孩子。

那團黑影用力地纏住方茉莉細白的頸子與腰際，彷彿有著實質重量，壓得方茉莉驚慌不已。

然後，夏蘿看見黑影那或許是臉部位置的地方，正咧出一道歪斜的笑容。

「怎麼回事？這是怎麼回事！」方茉莉的表情依舊扭曲，但這次是從猙獰轉成恐懼。

她慌亂地尖叫，手中柴刀不斷朝四周揮舞。可是，卻制止不了自己的身體正被一股巨大力量拖動的事實。

她蹬著腳，在地面留下凌亂的痕跡，柴刀鏗的一聲掉落在地，纖瘦的身體彷彿被一隻無形的手拖向山崖，一寸寸地將她往下拉。

方茉莉的眼底是滿滿的恐懼，她的身體已懸在空中，然而從下邊傳來的力道依舊使勁扯著她。方茉莉的手指掙扎地攀在山崖邊，指甲陷入泥土裡，折斷的部分正滲出鮮血。

「救我！拜託救我！」方茉莉絕望地嘶喊著，再也看不見嫵媚的眼眸只剩下恐懼。

「花忍冬！還不快點把她帶走！」左易大吼一聲。

在一邊看傻了眼的花忍冬這時才總算回過神來，急忙衝上前，將夏蘿拉進懷裡，不讓她看見眼前的畫面。

至於左易，卻是朝著山崖邊走去，停在方茉莉前方。面對方茉莉如同悲鳴的求救，那張陰冷俊美的臉孔，驀地拉出一抹弧度，「傻子才會救妳。」

方茉莉絕望地看著紅髮少年不帶感情的眼神。背上一瞬間施加的力道，讓她駭異地扭曲了美麗的臉孔，手指再也支撐不住地滑開，整個人如同失了引線的木偶，墜落至山崖底部。

高速下墜的失重感讓她連尖叫都發不出來，只能拚命揮動雙手，徒勞地想抓住什麼。可能是樹幹，可能是突出的大石，只要能阻止她往下掉，什麼東西都好……

我不想死！我不想死啊！方茉莉第一次如此深刻地感受到死神的鐮刀就懸在脖子上，死亡正步步逼近。

她的手指胡亂在空中虛抓，卻看到兩隻黑幽幽的手臂從她的身後伸出來，如同擁抱般，將她的雙手緊緊壓在懷裡。

然後，彷彿黑霧般的粒子就像突然被大風吹去，消失得一乾二淨，露出底下蒼白無彈性的肌膚。

方茉莉的大腦一片空白，如同格放似地，慢慢地、慢慢地，轉過頭——

她終於看見纏在身上的「東西」是什麼了。

曾被她當作收藏品、視若珍寶地放進行李箱的女孩子，正睜著一雙大而空洞的眼睛看著她。

「爲什麼要把我關進去？」

「爲什麼要把我折疊起來？」

「很痛……很痛啊！」

女孩淒厲的質問如刀，一聲聲割著方茉莉的耳朵。

因爲那樣子很美，因爲塡滿的感覺是如此美好……一個又一個念頭快速閃過腦海，但方茉莉一句話也說不出來。

她的胸口被勒得越來越緊，那十根細瘦的手指像鐵箍，又像在自己身上生根似的，扎進皮膚裡。她甚至生出對方的手指正在擠壓她肺部的錯覺。

女孩蒼白的臉孔上露出一抹歪斜的笑容。

方茉莉只能無聲地尖叫再尖叫。

山崖上的三個人自然不會知道發生在方茉莉身上的事。

花忍冬無比慶幸，被壓在他懷裡的夏蘿什麼也看不到。

「算了，就這樣吧。」花忍冬喃喃說道，他抱著夏蘿跌坐在地，秀氣的臉孔露出一抹狼狽的笑，「反正人家也不是什麼好人。」

看向抓著自己衣角不放的夏蘿，花忍冬語調輕快地開口，「已經沒事了，小蘿。來，把臉抬起來，妳這樣子不說話，哥哥可是會擔心的喔。」

夏蘿聽話地抬起頭，蒼白的小臉上還凝著先前的驚懼。幽黑的眸子先是看了看花忍冬微笑的表情，隨即緩緩轉過頭，看向正朝她走來的左易。

「小易……」夏蘿用力吸了吸鼻子，從嘴裡吐出如同哽咽般的聲音，單薄的胸膛急促起伏著，像是再也壓不住心中的害怕，淚水終於掉了下來。

「妳這個笨到不行的小不點！我不是教妳害怕的時候要叫出來嗎？」左易惡狠狠地瞪了她一眼，厚實的大掌落在她的頭髮上，用力地揉了揉，任憑那抹小小的身影扯著他的衣襬，將它當成衛生紙來擦眼淚。

看著眼前這一幕，花忍冬如釋重負地笑了起來。他從口袋裡掏出手機。

「哎呀哎呀，該跟小姑姑報平安了。」他按開通訊錄，準備從裡面調出夏舒雁的電話號碼，但視線卻不由自主地被林綾的電話號碼吸引了過去，「唔……林綾一定也很擔心，人家先打給她好了。」

一邊說著，他一邊點點頭，愉快地撥給了林綾，沒過多久，手機就被接通。

「喂？林綾，小蘿沒事了……方小姐嗎？這個說來話長……總之，在剛剛的混亂中，她不小心摔下了山崖……」

花忍冬避重就輕地帶過方茉莉墜崖的眞相，熱切地和林綾又說了幾句話，正當他準備結束通話時，突然困惑地揚起眉毛。

「林綾，妳那邊是不是有人在唱歌？我好像聽到『妹妹揹著洋娃娃』的歌……」

「你聽錯了吧，花花。」林綾恬淡溫婉的嗓音傳了過來，「記得早點回來，我們都很想看到小蘿。」

「嗯嗯，我們等等就回去。」花忍冬笑著點點頭。

後山的騷動才剛結束，卻沒有人知道民宿三樓裡的其中一個房間，還有一人即將掙脫黑暗。

林霖發出了悶哼，眼皮像是被緊緊黏著，讓他費了好一番力氣才勉強睜開一條縫。

他晃了晃還有些暈眩的腦袋，彷彿想要藉由這個動作甩掉不自然的倦意。明明身體不覺得疲累，爲什麼意識卻有些難以集中？

林霖抬起手，胡亂地抹了把臉，眼角餘光覷向窗外，發現外頭的天色已在不知不覺中染上橘紅，瑰麗的晚霞在天邊拉出漂亮的紗幔。

從椅子上站起，林霖搖搖晃晃地走進浴室，打開水龍頭，以手掬起一瓢清水就往臉上潑去。這個動作重複好幾次後，才覺得思緒不再像先前那樣模糊，好像有層霧氣隔在中間。隨手抓了條毛巾擦擦臉，林霖正準備將毛巾掛回去，忽地聽到一陣奔跑聲在房裡響起。

他反射性轉過頭，一抹紅色裙襬滑過他的眼角。

「誰在那裡？」林霖皺眉問道，不太高興地走出浴室。

製造出腳步聲的身影像是被他的質問嚇了一跳，揣緊手裡的東西，頭也不回地跑出房間，及背長髮隨著奔跑的動作晃呀晃的。

「現在的小鬼眞是越來越沒教養了。」林霖惱怒不已。方才匆匆瞥見的身影明顯是個穿著紅色洋裝的小女孩，從對方的身形與頭髮長度判斷，只有一個人符合。

與他同樣住在民宿三樓，那位叫作夏蘿的小女孩。

林霖眉頭越鎖越緊，他的心情本來就不好了，現在發現自己的房間被人擅闖，心底的煩躁頓時又上升一個層級。

「小時候就不教好，長大還得了。」林霖嘖了一聲，一把拉開門，大步走出房間，決定好好訓斥對方一頓。

然而當他雙腳踏在走廊上，眼前的畫面卻像水波盪漾，彷彿有無數昏黃光線刷過眼前，讓他忍不住抬起手擋住光亮。

等那些光線終於退去，他放下手時，鏡片後的修長眼眸猛地瞠大，不敢置信地瞪著前方。

此刻映在眼底的並不是他所熟悉的民宿走廊，既聽不到海浪翻捲的聲音，也感受不到海風的鹹味，竄入鼻間的是一片屬於山林的氣息。

林霖愕然地張大嘴，眼鏡滑下鼻梁，他卻分不出心去扶起，一雙眸子只是眨也不眨地注視著前方。

四周環繞著一片極為高大茂密的樹木，但中央的土地卻顯得平坦許多，一階階灰色的石板鋪在草地上，延伸到前端十公尺處的木造房子。

雖然房子只有一層樓，但佔地極廣，大門採用雙開式設計，其中一扇門扉正敞開著。

林霖艱難地嚥了嚥口水，喉頭上下滾動。不管是那幢木造建築，或是周邊的樹木草地，都讓他不可能錯認……那是他們以前的舊家，後來改建成父親的工作室！

但林霖卻無法相信自己所見到的一切，他不是在民宿三樓嗎？為什麼一出房間，眼前的景物卻成了他在後山的老家？

林霖驚慌地回頭看去，身後只有山風微微拂過，蔥綠的枝葉被吹得一晃一蕩的，完全看不到一扇屬於民宿的房門。

「這是……在作夢嗎？」林霖忍不住摘下眼鏡，揉了揉眼，希望眼前所見的一切只是幻覺。但當他把眼鏡戴回去，那些蓊鬱的綠色並沒有消失。

怔怔地瞪著這些屬於後山、此時此刻不可能出現在眼前的景物，林霖幾乎想揪住自己的頭髮。老天，這是什麼劣質的玩笑？

「該死、該死……」林霖煩躁地咬住下唇，眉頭刻出了川字狀的痕跡。他重新環視四周一圈，同時做了幾個深呼吸，試圖平復緊張的心緒。就算手指不用捏緊，他也可以感受到掌心已經流滿了汗。

再次做了個深呼吸，並且閉上眼睛，林霖握住右拳，使盡力氣要壓下心底的慌亂與恐懼。就在他重複做著這些動作的時候，忽地聽到了細碎的腳步聲朝他靠近，同時還響起一道稚氣的歌聲。

「妹妹揹著洋娃娃，走到花園來看花，娃娃哭了叫媽媽，樹上小鳥笑哈哈……」

林霖身子一顫，下意識睜開眼，追尋聲音的方向轉過頭，然後，他的瞳孔不自覺縮了縮，視網膜倒映出一道穿著紅色洋裝的小小身影。

那是個皮膚白皙的小女孩，披散著及背的黑髮，有著一雙亮晶晶的圓眸，手裡抱著一尊同樣穿著紅洋裝的人偶。

「林……綾……？」林霖不敢置信地瞪大眼睛，看著正朝他跑來的小女孩。

他的妹妹，林綾。

但是林霖清楚記得，那是林綾六歲的模樣。

「怎麼可能有這種事？」林霖的嘴唇張了又闔，肺部像是瞬間失去空氣，讓他幾乎無法呼吸。

然而，小女孩卻抱緊懷中人偶，匆忙地從林霖身邊跑過去，繞到一棵大樹後方。

「哥哥，陪我玩！」小女孩一手抱著人偶，一手朝樹幹後伸去，像是在拉扯什麼。

然後，林霖看見一個滿臉不高興的少年被小女孩扯出來，眼裡寫滿了不甘不願。

林霖倒抽一口寒氣，連聲音都發不出來，只能震驚地看著那名與他長相相似的少年。

不，不能說是相似……看了二十七年鏡中自己的林霖，自然記得那是他十七歲的模樣！

但是，少年與小女孩就像是沒有發現林霖的存在，兩人拉拉扯扯地來到林霖前方，多半是小女孩撒嬌似地拽著少年的袖子，而少年好幾次都想推開她。

看著眼前的一切，林霖頓時想起來了，十七歲的自己對於整天纏著他的妹妹總是覺得不耐煩，那時候正值想去外面玩樂的年紀，誰會想當一個小女孩的保母？

他緊緊攢住拳頭，幾乎要花費全身的力氣，才能克制自己衝上前去抓住少年與小女孩

——或者說，過去的自己與妹妹。

沒有讓他這樣做的原因，是小女孩拖著少年從他身邊經過時，那隻抱著人偶的小手非但沒有撞到他，反而從他的身體穿透過去。

林霖背後冷汗越流越多，足以浸濕整件衣服，但卻強迫自己冷靜下來，他必須知道，自己爲什麼會出現在十年前的過去裡？

渾然未察林霖的存在，小女孩只是緊緊抓著少年的手，撒嬌似地揚起小臉，那雙圓潤的眸子眨也不眨，滿是期待。

「哥哥，我們來玩捉迷藏！」

「那是小孩子玩的遊戲，我沒興趣。」少年不耐煩地撇撇唇，手指掙了掙，想要從那隻小手裡抽出來。

「陪我玩嘛，好不好？好不好？」小女孩抓著他的手輕晃了晃，「不然在這裡待著好無聊。」

聽著那軟軟的童音，林霖自然記得，那時候民宿才剛開始經營，還沒有餘力請人，因此父親有時候會離開由舊家改建的工作室，下山去幫母親的忙；而這個時候，他們兩個孩子就會被派去後山顧著工作室。

才十七歲的林霖自然不喜歡這個工作，每次只要來到後山，他就會丟著妹妹，做著自己的事情。只是有時候拗不過妹妹的要求，才會陪著她玩捉迷藏。

看著少年皺起眉頭，林霖立即知曉，那是不願意的意思。但他卻想不起來，自己究竟是拒絕？還是答應？

一道略微清亮的嗓音忽然鑽進他的耳朵，那是屬於十七歲的林霖的聲音。

「要我陪妳玩可以，不過妳要先答應我一件事。」少年抽出手，做出了雙手環胸的姿勢，眼角滑過一抹不懷好意。

「好啊好啊，林綾什麼都答應哥哥！」

「這次我當鬼，妳負責躲起來。」少年低下頭，由上而下地俯視妹妹。

小女孩用力點點頭，一雙大眼睛泛出喜悅。

「除非被我找到，否則妳不許跑出來。」少年唇角含笑地又加了一個條件，「如果違反規則，我就再也不陪妳玩捉迷藏跟那愚蠢的結婚家家酒。」

「才不是什麼家家酒，林綾是認眞的啦！」小女孩噘起嘴，跺著腳，「林綾以後要嫁給哥哥！你說過十年後要娶林綾當新娘子的！」

聽著熟悉的對話，林霖怔怔地看著鬧彆扭的小女孩，腦海中浮現妹妹總愛抓著他的衣角，喊著以後要嫁給哥哥。

但是，看著那個穿著紅洋裝、愛撒嬌又容易鬧彆扭的小女孩，林霖卻越來越困惑了，他完全無法將眼前的孩子和現在的林綾疊在一起。

究竟是記憶上出了差錯，還是真的發生什麼事？林霖按著太陽穴，試圖從腦海中挖掘出回憶。

眼前小女孩與少年的對話依舊持續，軟軟的童音與清亮的嗓音一起一落，穿透林霖的耳膜。最後，他只聽到小女孩高喊一聲「哥哥不可以偷看喔」，便看見那抹嬌小身影抱緊人偶，飛快地跑進屋子裡。

當小女孩消失在門後，原本用手掌遮住眼睛的少年立即放下手，嘲諷地揚了下唇角，隨即不疾不徐地走向屋子。

看到少年的動作，林霖忙不迭跟上去。隨著對方每跨出一步，就好像有什麼畫面同時晃過腦海。

抱著人偶，微笑地瞇著大眼睛的林綾。

總是喜歡和人玩捉迷藏的林綾。

抓著他的手指，嚷著十年後一定要和哥哥結婚的林綾。

林霖的呼吸不自覺急促了幾拍，好像、好像……有什麼事情快要想起來了。不，或許只是他的錯覺，其實什麼事都沒有發生……

正當林霖思緒一片紊亂，少年卻已踮著腳，無聲無息地溜進房子裡。原本應該是大廳的地方，卻擺著兩座透明玻璃櫃，每個層板上都放置一尊人偶，每尊人偶都精緻得不可思議。

林霖記得，十年前的父親已是小有名氣的人偶師父了。

但林霖卻分不出心思欣賞那些栩栩如生的人偶，他只是緊隨著少年的步伐，穿過走廊，來到其中一扇半掩著的房門前。

在林霖的記憶裡，那是父親充當儲藏室的地方，裡頭總是堆著許多東西。

少年狡獪地瞇起眼，不發出一絲聲響地推開門板，視線轉了轉，隨即停在某個地方。

林霖順著少年注視的方向望過去，看見一只豎立在牆角邊的褐色仿木紋大行李箱。他的眼睛頓時不敢置信地睜大，呼吸變得越加急促，快要喘不過氣來了。

不不不不——不可能！他不可能做出那種事的！

林霖眼裡流露出驚駭，他看著少年不懷好意地走向行李箱，然後手指伸向鎖釦，極輕的喀嚓聲，如同風聲拂過一般，並沒有激起太大漣漪。

接著，少年又像來時一樣踮著腳尖，無聲無息地離開房間。在他輕巧掩上房門時，林霖甚至可以聽到他的低喃聲。

「好了，這樣妳就不會吵我了，先乖乖在裡面待著吧。」

門板終於被完全關上，房裡只剩下林霖、那只褐色的大行李箱，以及一堆雜物……

時間一分一秒地過去，林霖卻只能僵在原地，什麼都不能做地聽著從行李箱裡傳出的聲音。

一開始先是叩叩叩的敲打聲，然後是手掌的拍打聲，接下來是心慌意亂的哭喊聲。拔高的童音不斷刮過林霖的耳朵，就好像有無數根針狠狠扎著，痛得他不禁抱住頭、縮起身子，想要逃避那一聲聲拔高的悲鳴。

「放我出來——放我出來！這裡好可怕——我不要待在這裡！」

林霖的身體無法自制地發抖，他的胃在翻滾，如同有隻無形的手正緊緊掐著不放，呼吸卡在喉嚨裡，一口氣就這麼哽著。

「媽媽、爸爸……救我……我想出來！林綾想要出來！」

帶著濃濃哭腔的童音不斷從行李箱裡滲出來，伴隨著指甲刮撓的聲音。

林霖驚駭地張著嘴，整個人像是離了水的魚，拚命渴求氧氣。那一聲聲指甲刮擦在硬物上的刺音，讓他頭痛欲裂。

「哥哥！哥哥你在哪裡？快點來救我！好可怕……這裡好可怕！黑漆漆的……我什麼都看不到……」

小女孩哽咽著聲音哭喊，抽抽搭搭的啜泣聲時而清楚、時而模糊。

林霖顫顫地移動雙腿，手指仍舊不受控制地發抖，一步一步地朝行李箱走去。越是接近，小女孩絕望的哭泣就越明顯，那瘋狂抓撓行李箱內殼的聲音，刺耳得讓人想要把耳朵摀起來。

「這一定是作夢……」林霖驚慌失措地說道，「我、我怎麼可能做出這種事……」

他瞪著不斷傳出刮擦聲的行李箱，雖然看不到裡頭，卻可以想像縮著四肢、呼吸著稀薄空氣的嬌小身子。

林霖想起了那些夢，那些哭喊著、哀求著，甚至伴隨著拍打與抓撓硬物的聲音。

是了，他一定是在作夢……林霖緊緊咬住嘴唇，血的味道滑進嘴裡，像是鐵鏽味。

他愣怔看著那個行李箱，手指緩慢抬起，明明與行李箱的鎖釦只相隔極短距離，他卻覺得時間漫長得像是無止境。

林霖重重地吸了一口氣，發著抖的手指終於放在鎖釦上，僵硬地一撥一拉，把兩個鎖釦解開。

他的心臟幾乎要從喉嚨裡跳出來，屏住呼吸，等待解鎖的行李箱被裡頭的人推開。

但是，沒有動靜。

聽不到小女孩恐懼的哭叫，聽不到那些掙扎的拍擊聲，有的，只是一片死寂。

林霖艱難地吞了吞口水，手指逐漸移到行李箱邊緣，咬牙使勁一拉，一片黑暗猛地從他眼前湧出來，擄獲他的視覺神經。

他慌張地轉動脖子，想要看清楚四周，卻驀然發現，陷入幽暗的周圍只有前方一小塊地方發著光。

林霖想也不想就朝光源處跑去，用盡全身力氣跑著，光源由原本的一小束逐漸變大，最後形成如同一面投影機般的螢幕。

林霖又看到那間堆放雜物的儲藏室了，行李箱橫倒在地面，硬殼被人掀開，狹小得過分的空間，蜷縮著一具嬌小的蒼白軀體，將細瘦的手腳扭曲成奇怪的姿勢。

那不再起伏的胸膛，凝固在小臉上、充滿絕望的神情，以及，一雙瞪得大大的空洞眸子。

被小女孩抱在懷裡的人偶咚的一聲滾落在地，用玻璃珠鑲嵌而成的眼瞳，正直勾勾地看

著林霖。

林霖駭然地摀住嘴，映入眼底的不再是會跟在他身邊撒嬌、吵著要跟哥哥結婚的活潑小女孩了，那已經是……一具屍體！

除了那個被打開來的行李箱之外，房裡還多了兩個人：滿臉驚慌失措的少年、神色震驚的中年男人。

林霖認得那兩個人，十七歲的自己與從民宿回來的父親。

浮現在眼前的畫面就像是無聲的投影機在緩慢播映，林霖看見父親揚起手，狠狠地摑了年少的自己一巴掌，那力道就像是要當場打死他一樣。

少年的臉頰很快腫了起來，嘴角也泛著血絲，然而單薄的身子卻依舊瑟縮地發著抖。那雙修長的眼滿是驚懼，無法抬頭直視發生在行李箱裡的悲劇。

然後，林霖看見父親的嘴唇一張一闔，雖然聽不見聲音，但這時候的他，卻已清楚想起發生在那一天的所有事情了。

是的，他想起來了……爲什麼會遺忘呢？一定是因爲太害怕，所以把這段記憶抹去，假裝什麼事都沒有發生般地活著。

他的父親說：「去把這個行李箱處理掉，再回去民宿跟媽媽講，說妹妹要在工作室陪我一個星期。這段時間，你跟她都不准上來。」

看著父親將蜷曲在行李箱裡的妹妹抱出來，林霖心裡的駭然與恐懼卻越來越大。妹妹死了，被年少的他惡作劇地關在行李箱，最終窒息而死。

那麼，現在的林綾……又是誰？

當這個疑問如潮水般湧現出來的時候，林霖發現，眼前的畫面又變了，就像水波被蕩起圈圈漣漪一般，畫面晃動不已，甚至沾染上昏黃的顏色。

如同曝光過度的相片，充滿著濃濃的懷舊感。

他看到年少的自己提著行李箱，如同它會咬人似的，匆匆將它往樹叢裡一丟。

他看到工作室裡的父親正專注地埋頭雕刻。

林霖用力捏緊手指，指甲陷在掌心裡，不知不覺扎進了皮膚，帶來些微的黏膩感，但林霖卻不在乎，他只是瞪大一雙眼睛，愕然地看著父親工作台上的東西。

那是一尊和小女孩等身大的人偶，身體已經完成了，細瘦的四肢垂落在地，就像是微微閤攏著的花瓣。而他的父親，正嚴謹地握住人偶頭部，小心翼翼地嵌入眼睛，再用各種刀具刻出細緻的五官，塗上油漆拋光肌膚。

林霖不清楚，父親究竟花了幾道手續製作人偶頭部，但是當他回過神來的時候，畫面已經轉成了空無一人的工作室，只剩下那尊完成的人偶靠坐在牆邊。

垂下的長長睫毛遮住眼睛，白皙的膚色和粉紅的嘴唇，襯托出人偶的精緻，但林霖卻不敢置信地張大嘴，宛如抽搐般的嘶氣聲卡在喉嚨裡，他的瞳孔驟然收縮。

那是一尊與妹妹林綾外貌相同的人偶！

「不……這怎麼可能……太荒謬了……爸爸你……該不會是……」林霖邊顫抖邊後退，一個可怕的想法在他的腦海裡成形。

宛若要呼應他內心的恐懼，那尊雪白美麗的人偶忽地張開眼睛，剔透的深黑色流竄過一抹異光，然後，柔軟如花瓣的嘴唇緩緩蠕動著。

「早安，哥哥。」

雖然還帶著一股稚氣，但是那道嗓音卻已不復記憶中的活潑輕快，反倒透出一股優雅與神祕。

外型和六歲的林綾一模一樣的人偶緩緩站起身子，手裡還抱著一尊十二吋的紅衣人偶，林霖記得，那是妹妹最喜歡的東西。

而現在，在他面前這尊和小女孩等身高的人偶，有著一雙林霖似曾相識的眼神。

妹妹的屍體被發現時，從行李箱裡滾落出來的人偶，擁有一雙一樣的眼睛，美麗並且剔透。

林霖背部的冷汗如同開了閘的水庫，全身上下也止不住恐懼地打著顫。他瞠大一雙滿布血絲的眼，瞪著那恬淡微笑的雪白人偶。

然後畫面如同電視壞掉般，開始閃動出黑白交錯的線條，沙沙聲不斷響動著。

有個聲音不斷告訴林霖，要移開視線，要趕快離開這個地方，但是他的雙腳就像生了根，動彈不得，只能眼睜睜看著畫面再次由模糊變成清晰。

依舊是昏暗的工作室，依舊是背對著他埋首工作的父親身影，但是、但是……林霖卻如同被掐住脖子般，擠出了破碎不堪的聲音。

在父親工作台前方，坐著數尊低垂著頭顱的人偶。同樣是長長的黑髮、雪白的肌膚，唯一的差別在於她們的外表年齡。

在林霖的注視下，那些雕刻精美的人偶們緩緩抬起頭，露出了優雅白皙的臉孔。

那是六歲的林綾、那是七歲的林綾、那是八歲的林綾……那是十六歲的林綾。她們同時對他露出一抹恬淡的微笑，婉約的聲音從嘴裡流洩出來。

「生日快樂，哥哥。」

林霖的胃像被一隻無形的手用力捏住，混合著恐懼與反胃的不適感在身體裡翻滾。

然後，喀啦喀啦的聲音由遠至近，從後方不斷往他的方向接近。那如同輪子滾地的聲響，讓林霖慌張地轉過頭。

一只行李箱就立在他的身後。

熟悉的褐色仿木紋行李箱上頭坐著一名黑髮白膚、穿著紅洋裝的小女孩，那雙幽幽的大眼睛正瞬也不瞬地瞅著他，然後彎出一抹詭譎的弧度。

「我來接你了，哥哥。」小女孩笑嘻嘻地說道，嗓音稚氣活潑，她抬起蒼白無血色的小臉，露出歡快的笑容。

林霖驚駭地瞪著她，又回頭看向宛如曝光照片般的畫面，但是那些與林綾有著相同外貌的人偶們卻已經消失了，身後是空蕩蕩的一片幽暗。

小女孩輕巧地從行李箱上跳下來，一片濃黑的眼睛泛起愉悅，細幼的小手搭在行李箱邊緣，將它輕輕拉開。

「我們不是約定好了嗎？等哥哥二十七歲，就會娶林綾當新娘子的。」

小小的林綾咧嘴笑道，一步步向林霖走去。

林霖無法控制地發出恐懼的悲鳴，身體像是瞬間被抽光力氣，軟軟地癱坐在地。

「來吧，哥哥，我們一起走吧，時間到了喔。」

林霖嘶著氣，從手指到腳趾都在發抖，他想要逃走，卻無法站起來，只能眼睜睜看著年幼的林綾站在身前，朝他伸出手。

然後，林霖的世界一片黑暗，他的意識瞬間沉入了深不見底的幽暗。

□

蔚藍海岸民宿。

窗外的天空已經從玫瑰色變成一片濃稠的黛藍，海浪的拍打聲依舊無歇止地響起。林綾站在窗邊，嗅著帶有鹹味的海風，臉上神色一片寧靜。

她可以聽到客廳裡傳來喧鬧的聲音，有夏春秋看到夏蘿時的激動大喊，有夏舒雁與韓秀瑜談論正事的聲音，有花忍冬鬆了一口氣的笑聲，還有謝麗心餘悸猶存地向謝麗雅絮叨著發生在她身上的事。

這些聲音交織在一起，在走廊上形成嗡嗡嗡的回音，並且落入林綾耳裡。

夏蘿的平安歸來讓等在大廳的一夥人都鬆了一口氣，就連林綾也是眞心地爲這個小女孩的安然無事感到高興。

探問了幾句後山當時的情況後，她便推說要去跟父親聯絡而先行離開。

林綾拿起手機，從通訊錄中找到了工作室的號碼，靜待另一端電話接通。

「喂？」

「爸爸，是我，林綾。」

長長的睫毛在眼下形成了一道陰影，林綾清麗的面容上帶著一抹淺淺笑意，輕聲地講著電話。

「我想請您幫我一個忙……是的，抱歉，我盡力了，哥哥被帶走了……」林綾放緩了臉上的表情，語氣誠摯地向另一頭說道，絲毫不提爲了留下謝麗雅而做出的條件交換。

手機裡出現沉默的空白。

林綾耐心等待父親平復情緒，才又再次溫柔地開口。

「爲了不讓媽媽傷心，請您就像製造我那樣，給我一個哥哥好嗎？」

聽著手機裡傳出的回應，林綾微微一笑，那雙流轉水光的眸子望向了端坐在桌上的十二吋人偶。

「……謝謝您，爸爸，我會等著哥哥的到來。」

林綾輕聲結束通話。她抬眼看著倒映在鏡子裡的自己，柔軟的嘴唇揚起弧度，愉快地笑了出來。

她的父親，是世界上最優秀的人偶師父了。

尾聲

謝麗雅是在黑岩村街上的一家咖啡店外頭看見林霖的。

戴著金邊眼鏡的男人似乎在與誰說話，但因爲視線死角，她無法看見坐在他隔壁的人是誰。

她躊躇再三，還是決定走進咖啡店。明天她就要離開這裡了，她須要跟林霖談談。

謝麗雅對迎上來的服務生比了比林霖所在的座位，隨即逕自往那一桌走去。

離得近了，她才發現與林霖坐在一塊的人是林綾。那名戴眼鏡的長辮子少女在察覺到她的到來時，婉約地笑了一下，主動招呼她坐下來。

謝麗雅的心情很複雜，她知道交往中的男友——對方還不願意公開承認——對林綾抱持一種不正常的感情，這讓她很難若無其事地與對方相處。

但在與林霖說了一會兒話之後，謝麗雅卻發現有些事情不對勁。

眼前男人的外表是她所熟悉的，但對方的表情、眼神卻讓她感到無比陌生。

林霖的微笑溫和沉靜，彷彿所有傲氣都消失得一乾二淨，那一雙色澤深深的眼眸再不復見糾結紊亂的情緒，純粹清澈得像一汪海水。

他笑起來的模樣就像、就像……

謝麗雅的視線在林霖與林綾身上游移，她的聲音卡在喉嚨裡，明明是炙熱的夏天，背脊卻沁出一層細密的冷汗。

「怎麼了，麗雅？」林霖問道。

「謝小姐？」林綾也問。

謝麗雅猛地站起身，她的動作如此地大、如此急迫，以至於弄翻了椅子，引來旁邊客人充滿好奇的注視目光，還有服務生緊張的詢問。

「客人，發生什麼事了，您還好嗎？」

謝麗雅知道自己失態了，勉強擠出一個微笑。

「抱歉，我……我忘了麗心跟我約三點碰面，我似乎讓她等太久了……我得走了。」

丟下臨時捏造出來的藉口，謝麗雅抓起包包就走，匆促的模樣好似迫不及待地想要躲避什麼。

在快要接近大門時，謝麗雅還是忍不住回過頭，她可以清楚看到林綾與林霖的視線正尾隨著她的身影。

與她對上目光後，他們微微一笑。

謝麗雅一直以爲林綾與林霖是找不著半點相似感的兄妹，在蔚藍海岸民宿的時候，她初次見到林綾時就有這樣的感覺。

妹妹謝麗心甚至說她與林綾看起來反倒比較像。

但此時此刻，他們兩人微笑的弧度與眼神是多麼地如出一轍，簡直像一個模子印出來似的。

謝麗雅莫名感到不寒而慄。

〈花人形〉完

番外 小姑姑的相親時間

夏舒雁很煩惱，就算電視正在播放《辛普森家庭》的動畫，也沒辦法讓她……噢，好吧，她還是忍不住被《辛普森家庭》辛辣諷刺的對白逗得哈哈大笑了，編劇真是個天才！

於是直到廣告時間，夏舒雁才有辦法重新沉浸在煩惱當中。

造成她今天啤酒少喝一罐，連看電視都無法太專心的原因，就是半小時前的那通電話。

「舒雁，小蘿說妳的小說已經交稿了，新接的雜誌專欄也寫得差不多，這個禮拜六的下午可以空出來給我嗎？之前跟妳提過，我有個下屬，個性好，工作能力也不錯，想介紹給妳認識認識。」

夏舒桐的嗓音還是一貫的溫和，聽起來讓人覺得很舒心，如同話家常的句子卻輕輕鬆鬆就堵住了夏舒雁的退路。

太卑鄙了!!夏舒雁無聲地用嘴形說道。這個男人居然從自己天真無邪的小女兒那邊打探出她的工作進度，這下子就不能再假裝稿子沒交，週末要趕進度了。

在夏舒雁還沒有找出其他藉口的時候，夏舒桐已經約好星期六的碰面時間——當然，不是跟他，是跟他的下屬。

這種美其名交個朋友的見面，說白了就是變相的相親。

看著LINE對話上的時間地址，夏舒雁撓撓亂翹的頭髮，發出好大一聲嘆息。

她美好的星期六，美好的《魔戒》三部曲跟《哈比人》三部曲的電影馬拉松時光又要泡湯了。

夏舒雁點進她與藍姊和堇姨組成的LINE群組「乾一杯」，發出了求救訊息。

接著，露出了明媚卻憂傷的表情，繼續看起電視播放的動畫。

晚上九點多，夏舒雁正在廚房裡弄著下酒菜，聽見門鈴聲叮咚叮咚地響，隨即是夏蘿輕巧的腳步聲往大門方向移動。

將炸雞塊、涼拌毛豆、花生小魚乾、鹽酥蝦等下酒菜放在托盤上，無視像是被轟炸過的流理台，夏舒雁拎著一手啤酒走到客廳，就看到藍姊已自動拿起遙控器，正一台一台地切換頻道；堇姨則是站在簷廊上，一手執著菸管，慢悠悠地吐出一個煙圈。

「過去一點。」夏舒雁抬腳輕輕踢了踢藍姊，要她往旁邊挪一挪。

「這個沙發我徵收了，坐地上。」藍姊不客氣地指手畫腳。

「哪有客人把主人趕到地上坐的啊。」夏舒雁沒好氣地放下托盤和啤酒。

「妳現在就看到了。去、去。」藍姊如同趕蚊子般擺擺手，大剌剌地一人橫躺在沙發上，修長白皙的雙腿交疊在一塊，「我今天的心情就是想要獨佔沙發。」

「眞巧，我也是。」堇姨從外頭走了進來，居高臨下地站在藍姊前面，「禮讓兩個字知道怎麼寫嗎？」

「我倒是知道敬老尊賢四個字怎麼寫。」藍姊陰森森地笑道。

嫵媚中帶著點冷淡的中年女人與臉孔素淨的年輕女子互不相讓，依稀可以聽到視線交會時發出的火花劈啪聲。

夏舒雁目不轉睛地盯著兩人，還順手拿起一個炸雞塊塞進嘴裡。

一會兒過後，在無聲的對視中，藍姊與堇姨像是達成協議，僵持的空氣再次流動起來。

「眞沒辦法，我把沙發讓給妳一半吧。」藍姊勉爲其難地坐起來。

「是我讓妳一半的，妳該心懷感激地接受我的大度。」堇姨施施然地佔去大半個位子。

「哈囉，妳們有人注意到那是我的沙發嗎？」夏舒雁翻了一個白眼。

沒有人回應她的質問，喝酒的喝酒、吃小菜的吃小菜。

對於將我行我素貫徹得淋漓盡致的兩位友人，夏舒雁撇撇嘴，認命地在地板上盤腿而坐。

藍姊已經將整盤花生小魚乾端起，在那邊挑挑揀揀地吃著花生。似乎是注意到夏舒雁的沉默，她終於大發慈悲地分了一縷心思過去。

「說吧，妳想要怎麼做？」

這句話問得沒頭沒尾，不過身爲當事人的夏舒雁卻是一聽就懂。她仰頭灌了一大口啤酒，然後發出哈的一聲，用手背抹抹嘴角。

藍姊覺得就算有人說她這個高中同學是個披著女人外皮的中年大叔，她都無法違背良心提出異議。

「我哥那邊決定好的事是推不掉的。」夏舒雁想起白天的通話，擺出一臉苦大仇深的表情。她逃過一次，但第二次就被人逮個正著了。

「所以？」藍姊挑眉。

「妳想要讓對方知難而退？」看似漫不經心的堇姨忽然拋出這句話。

「哎，知我者堇姨也！」夏舒雁眼神立即亮了，「妳看啊，我有房有車有……」

她話音一頓，看到剛好經過門口的夏蘿，連忙對她招招手，在對方走過來時一把將夏蘿緊緊攬住，語帶炫耀。

「有孩子。這麼完美的條件哪裡需要男人？」

「那是妳姪女，不是妳孩子，少在那邊混淆視聽了。」藍姊用毛豆殼丟她。

「要孩子嗎？」堇姨臉上浮現冷淡又帶了點嫵媚的表情，紅唇彎了彎，「想要幾個都沒問題。」

「不要，我才不要！」夏舒雁的反應很大，「堇姨妳說的才不是孩子，那是妳養的小鬼。」

「還是妳需要妳的前未婚妻？」堇姨敲了敲沙發扶手。

「我哪裡來的前未婚……」夏舒雁愣愣地問道，最後一個「妻」字還停在舌尖，她的眼睛就越瞪越大，簡直像是下一秒就會跳起來拔腿就跑。她想起自己曾經「不小心」在溪邊撿到一個冥婚用的紅包。

「終於想起來了？妳還眞是個無情的人。」就算是調笑的句子，堇姨也可以說得冷冷淡淡，讓人背部一涼。

「小姑姑訂過婚？」夏蘿仰起小腦袋，黑亮的大眼閃現迷惑，「夏蘿曾經有一個姑……姑母？」

她遲疑了一下，因爲堇姨說的是未婚妻，所以用「姑丈」這個詞好像不太對。

「天地良心喔！」夏舒雁連忙高舉雙手否認，「別聽菫姨亂說，沒有姑母也沒有姑丈。」

「那以後會有嗎？」夏蘿細聲細氣地問。

面對那一雙純粹不帶雜質的圓黑眸子，夏舒雁發現自己還眞回答不出來。她乾笑一聲，揉揉夏蘿的頭髮，「小蘿先去睡覺吧，早睡早起才會長高長大，變成一個長腿美少女喔。」

這句話顯然戳中了夏蘿，她唰地站起身，乖巧地向菫姨、藍姊還有夏舒雁說了晚安之後，就踩著企鵝拖鞋啪噠啪噠回房了。

「居然這樣敷衍小孩子，妳這個糟糕的大人。」藍姊丟出第二個毛豆殼，不過被夏舒雁躲過了。

「那麼，請問有房有車沒有小孩的夏小姐，妳要如何讓對方知難而退呢？」菫姨一邊喝酒一邊問。

「對方已經知道小蘿是我哥的孩子了，就不能讓她假裝是我的私生女。」夏舒雁嘆息著說。

「這還不簡單。」菫姨慢悠悠地開口，「弄點牛的眼淚，在跟對方相親的時候，假裝對方臉上有髒東西，要替他擦去，趁機在他眼皮抹上牛的眼淚，這樣我就可以讓那個孩子假裝是妳的私生女了。」

「哪個孩子？」夏舒雁與藍姊愣愣地問。

「那個。」堇姨用菸管一指，只見落地窗那邊探進了一張蒼白的小臉，還有半個身子。

「有點眼熟呢。」夏舒雁喃喃地說，覺得自己曾在哪裡看過這個紅衣小女孩。

「她叫小葵。」堇姨輕抬了下下巴，就見小女孩露出開心的笑容，小跑著來到她身邊。

「喔喔，小葵，連名字聽起來也有點耳熟。是說，爲什麼要牛的眼淚？」夏舒雁沒注意到藍姊表情一僵，迅速與堇姨拉開距離。

「鬼啊，除非是妳八字輕或是它們願意現身讓妳看到，一般人平時是不太容易見到的。但是眼皮抹上牛的眼淚，妳會發現見鬼就跟呼吸一樣自然。」

堇姨溫柔地摸了摸小女孩的頭髮，對方像貓似地仰起小臉蛋，連帶地也讓先前被劉海遮住的眼睛露了出來。

那是一雙全然闃黑，不帶一點白色的眼睛。

夏舒雁張大嘴，在意識到自己的尖叫要衝出喉嚨前，已自動用右拳堵住嘴巴。

藍姊都忍不住要爲她的迅速反應鼓掌了。

「別怕，多看幾次就習慣了。」堇姨溫和地說，但任誰都聽得出來她語氣裡盡是敷衍。

「這種事不想習慣啊。」夏舒雁欲哭無淚，「我和阿藍膽子小，禁不起嚇的。」

「喔？膽子小？」堇姨似笑非笑地挑起眼角，但還是朝旁邊輕輕揮了下手，紅衣小女孩的身影頓時越來越淡，直至消失不見。

藍姊與夏舒雁不禁露骨地鬆了一口氣。

「既然妳不願意讓小葵幫忙，那私生女這個方法妳就放棄吧。」堇姨拿起第二罐啤酒，懶洋洋地說道。

「找人假扮妳男友？」藍姊給出建議。

「咳，事實上，我已經找過了。」夏舒雁不好意思地撓撓臉頰。

「這個時候通常都會有個『但是』。」藍姊一針見血地說。

「哎呀，阿藍，妳眞不愧是我的心靈之友。」夏舒雁舉高手裡的啤酒，隔空對她做了個乾杯的手勢。

藍姊直接回了一記刀子眼過去。

「那個『但是』是什麼？」堇姨倒像是被挑起了興趣。

「但是村裡的未婚男性都拒絕我了。」夏舒雁爽朗笑道，對於這個結果一點兒也不引以爲恥。

「真的假的？」藍姊吃驚地看過去，「扣掉妳打掃能力一團糟、生活習慣太爛之外，妳稍微打扮一下，看起來也是挺人模人樣的。」

「為什麼我完全感受不到裡面有半點誇獎的意思？」夏舒雁狐疑地挑高眉。

「放心，那不是妳的錯覺。」堇姨懶洋洋地附和一句。

「所以他們拒絕妳的原因是什麼？」藍姊用筷子輕敲了敲裝著下酒菜的盤子。

「他們說，看著我的臉只會想起我把他們從桌上喝到桌下再喝到吐的畫面，實在無法對著我說出甜言蜜語，就算是假裝的也不行。」夏舒雁攤攤手，「更別說要充當我的臨時男友了。」

「我究竟是該同情妳呢，還是該為了妳的男人緣之差感到可悲？」藍姊涼涼地說道。

「不用在意啦，反正當事人換成阿藍妳的話，大概也是這種狀況。」夏舒雁語氣很自然、心理很平衡，「妳把他們從桌上喝到桌下再喝到吐的次數跟我差不多呢。才來綠野村短短半年，就有這樣的豐功偉業，佩服佩服。」

藍姊一時間居然找不到反駁的話。

堇姨彎了彎紅潤的唇，顯然被這段對話取悅了。

「既然村子裡的男人都對我沒興趣，阿藍啊……」夏舒雁拉長了聲音，眼巴巴地看著高中同學兼惡友。

「不要，我對妳沒有愛。」只一個眼神，藍姊就知道對方在打什麼主意了，她回了一臉嫌棄的表情。

「妳只要在這個星期六給我愛就可以了。」夏舒雁雙手擱在桌子上，撐起上半身，大聲央求，「拜託啦，假裝一下我的女朋友。」

「我拒絕。」藍姊用鼻子發出冷哼。

「一箱啤酒。」夏舒雁豎起一根手指，決定利誘。

「妳以爲我是這麼膚淺的人嗎？」藍姊冷笑。

「兩箱啤酒。」夏舒雁加重籌碼。

「爲了這點兒破事就要跟妳假裝成一對，也太不値得了。」藍姊雙手環胸，居高臨下地俯視她。

「三箱啤酒加一星期的晚餐。」

「看在同學一場的份上，我勉爲其難地答應了。」

「哎呀，阿藍妳眞是好人，好人一生平安。」夏舒雁歡呼一聲，又重新坐回地板上。

「閉嘴，被妳這樣一說感覺就像是被插了死亡旗。」藍姊厭煩地瞪了她一眼，「星期六的車錢和飯錢也妳出。」

「沒問題。」夏舒雁拍胸脯打包票，還不忘看向客廳裡的第三人，「堇姨，妳要一塊來嗎？」

「舒雁。」堇姨轉著手上的菸管，以嘆息般的語調開口，「妳居然想要三人行嗎？口味未免太重了吧。」

爲了證明自己對三人行沒有興趣，星期六的外出，夏舒雁只帶上藍姊一個人。

約定好的地點是一家裝潢典雅、以木頭色調爲底的咖啡店，夏舒雁推開玻璃門，與藍姊一前一後走進去，很快就在靠窗位子發現了此次的會面對象。

那是一名高大魁梧的男人，古銅色皮膚與板寸頭髮型讓他看起來更顯威猛，簡直就像體育系出身的。

夏舒雁邊走過去邊打量之際，男人似乎察覺到她的視線，也跟著抬起頭。

「秦先生？」夏舒雁試探地喊了一聲。

「妳好，夏小姐。」秦牧忙不迭站起身，結果膝蓋卻不小心撞到桌緣，發出砰的一聲，那張膚色深深的臉孔頓時紅了一層，「抱、抱歉，我太不小心了。妳……妳們請坐。」

夏舒雁注意到秦牧在看見她身邊的藍姊時，竟然還特地往後看了一下，緊接著眼裡飛快閃過一陣失望。

那抹情緒來得快、去得也快，但夏舒雁卻沒有漏看。她饒有興味地挑起了唇角，與藍姊在秦牧對邊坐下。

還來不及向對方介紹藍姊是自己的偽女朋友，秦牧就已雙手放在桌面，低下頭做出一個謝罪的姿勢。

「對不起，夏小姐！」

「什麼？」夏舒雁被嚇了一跳。

藍姊揚起眉毛，以審視的眼神上下打量對面這個高大威猛的男人。

「雖然向夏大哥提出了想要與妳見一面的要求，但我真的無法和妳相親。」秦牧依然沒有抬起頭，以充滿歉意的聲音說道。

「喔、喔，沒關係，那很好啊。」夏舒雁雖然對於事態的發展感到莫名其妙，不過不用相親這點倒是讓她整個人放鬆了下來。她覷了一眼身旁的藍姊，對方果不其然地已經進入看戲狀態。

秦牧似乎沒想到夏舒雁會是這樣的反應，詫異地抬起頭，有絲遲疑地問道。

「妳不生氣？」

「我幹嘛生氣？我高興都來不及了。」夏舒雁笑咪咪說著，「我們先點餐吧，有什麼話稍後再說。」

秦牧吶吶地應了一聲。

向服務生點完餐之後，這場會面的主導權瞬間落到夏舒雁手裡。她十指交握抵在下巴，笑容滿面地看著對方。

「秦先生，爲什麼會想見我一面呢？」

「是這樣的，之前夏大哥說要介紹夏小姐給我認識，還給了我一張相片。」秦牧從手提包中抽出一張相片放到桌上，再推到夏舒雁與藍姊前方。

兩人湊近一看，發現那是她們與堇姨的合照。

「這張相片有什麼問題嗎？」藍姊挑高眉毛，一臉質疑。

夏舒雁看了看相片，又看看秦牧。既然相片裡的兩位當事人都在現場，再回想起秦牧最初看到她們時的表情與動作……

噢？噢！不是吧，眞的假的？夏舒雁心裡閃過連串跑馬燈，一雙美眸也瞠得大大的，忍不住低呼出聲。

「你想跟我打聽堇姨？」

很難想像一個高大威猛的男人會瞬間窘困得像隻黃金鼠一樣，但秦牧表現出來的樣子就像是巴不得把自己的身體縮成一團。

「妳說什麼？堇姨？」藍姊不敢置信地說，看著秦牧的眼神如同在看外星人——還是想不開的那種。

「真的嗎？這個人類喜歡堇姨？」又一道清脆高亢的童音大聲問道。

奇異的是，卻沒有任何客人對這個幾乎響徹咖啡店的聲音有任何反應，甚至連個回頭跟惱怒的眼神都沒有。

夏舒雁與藍姊瞪著秦牧身後，更正確一點的說法，是瞪著趴在秦牧肩上的紅衣小女孩。

「抱、抱歉，我這樣做果然還是太失禮了。」秦牧直覺地將兩人的眼神當作譴責，連相片都不敢收回來了，「利用和夏小姐見面當藉口，卻是想向妳打聽另一位女性……」

「其實……我真的不介意。」夏舒雁搖搖手，語氣有些恍惚地說道，「就是嚇了一大跳而已。」

不管是對秦牧喜歡的對象，還是對小女孩出現一事。

「真的嗎？那妳可以多告訴我一些那位堇怡小姐的事嗎？」秦牧沒有想到她們喊的其實

是一個敬稱，還以爲是對方的名字。

「不是心台怡，是阿姨的姨啦。」夏舒雁糾正，「因爲她的輩分高，在村裡的地位也非比尋常，所以大家都尊稱她堇姨。」

「所以你想追的人是堇姨？」藍姊瞇起眼，就像確認般地問道。

「眞的要追堇姨？」臉蛋蒼白的小女孩也跟著問了一句。

「這個，我是對堇小姐有好感的。」秦牧拘謹地說，渾然未覺肩上多了誰，只是按了按右肩，像是覺得痠地動了一下。

「就算她年紀比你大，喜歡喝酒還會養小鬼，興趣是數著後山的墳墓？」

有誰冷冷淡淡地問道。

夏舒雁與藍姊這次再也掩不了震驚地張大嘴，看著施施然出現在桌邊，並且自顧自拉了一把椅子坐下的中年女人。

「我靠，難怪小葵會出現。」夏舒雁一邊與藍姊咬著耳朵，一邊看著整個人快「不好了」的秦牧。

那張古銅色的臉孔簡直要燒起來似的。

「秦先生你覺得如何？」堇姨淡淡地又問了一次。

「我覺得……還、還不錯。顯然妳是一個喜歡小孩也喜歡接觸自然的女性，這很健康，並且積極正面向上。」秦牧露出傻乎乎的表情。打從那名長髮在腦後盤成髻的女人在他身邊坐下後，他根本移不開視線。

「天啊，是眞愛！他對堇姨一定是眞愛！」小女孩興奮地發出尖叫。

夏舒雁看了一眼神色罕見僵住的堇姨，再看向身邊的藍姊，忍不住用手肘撞了她一下。

「幹嘛？」藍姊瞪了她一眼。

「妳嘲笑得太明顯了啦。」

「因爲這眞的很好笑。」藍姊勉強控制嘴角的弧度，「我還是第一次知道養小鬼跟數墳墓可以這樣解釋。」

夏舒雁稍微咧了下嘴，很快又收斂起來。她暗暗對藍姊使了一個眼神，對方會意地跟著她一塊站起來。

「咳，秦先生，既然你想見的人已經出現了，那我們就……」

「跟他交換LINE。」藍姊用氣聲催促，「這樣才有辦法聽八卦。」

「那我們就來交個朋友，交換一下LINE吧。」夏舒雁從善如流地說，將自己的手機與對方的互相掃描。

「我哥那邊你不用擔心，我會跟他說明的。你們兩位好好聊，我們不打擾了。」夏舒雁露出招牌的爽朗笑臉，對著秦牧與堇姨揮揮手，決定將飲料改爲外帶。

臨走時，她眼角餘光看到紅衣小女孩興匆匆地坐到她本來的位子上，兩隻小手托著腮，一臉期待又夢幻的表情。

夏舒雁突然覺得鬼也沒有那麼可怕了，也許她該與對方交流交流一下？交流主題就是：堇姨的春天終於來了。

至於綠野村後山上的小屋究竟會不會出現一位男主人？夏舒雁相信，說不定有一天就眞的讓她等到了。

〈小姑姑的相親時間〉完

後記

關於第二集的尾聲，究竟歐陽明的鬼之血脈有沒有覺醒？可能有，可能沒有，我想寫成一個開放式的結局，所以這一點就任憑大家自行想像了。

至於林綾的身分，其實副標就已經偷偷劇透了，會額外再加上一個「花」字，當然是因爲林綾貌美如花（花忍冬認證），而且三個字唸起來比較有感覺XD

在原本的故事裡，姊姊謝麗雅其實是會被小林綾帶走的，不過修改劇情的時候，覺得這樣發展比較沒有懸念感，決定還是把便當吐出來，讓謝麗雅見證林霖的變化。

因爲這一次的事件地點是在海邊，陽光、沙灘、泳裝是一定要有的。雖然無法看到林綾穿比基尼的美好畫面，但是！有春秋抱緊左容的插圖！

這張圖完美詮釋出楚楚可憐的小女朋友想要阻止帥氣男友的浪漫氛圍（誤），偉哉夜風大，我的人生再一次圓滿了。

番外篇當然就是我最愛的成人組聚會了，「乾一杯」群組照慣例全員到齊，還加了紅衣小女孩小葵湊熱鬧。原本只是想寫小姑姑被迫相親，沒想到寫著寫著，故事走向就自動變成堇姨春天的到來，這一定是命運的安排。

下一集，春秋一行人將前往小葉家作客，在豪華如城堡的大宅裡，究竟會發生什麼事呢？好期待綠色系封面啊，湊齊彩虹色，召喚神龍已經不是夢想了XD

如果對《春秋異聞》有什麼想說的話，或是對哪個角色有怨念（？），可以掃瞄後記最後的QR Code，到感想區留言給我喔（笑）

醉琉璃

春秋異聞感想專屬QR Code~~
歡迎大家上來聊聊唷^^

【下集預告】

春秋異聞

在葉心恬的強制要求下，紫晶村之行拍板定案。
但誰也沒料到，豪宅生活原來不好過。
第一晚，花忍冬遇上想與他玩「踩影子」的小女孩。
第二晚，夏家兄妹陷入夢魘，傭人離奇遭到控制。
而葉心恬，更被懷疑不是真正的葉家大小姐？

黑影、印記、守護神，
不可告人的真相，藏在密道盡頭石室中……

第四夜．踩影子

2017年國際書展，預計登場！

國家圖書館出版品預行編目資料

春秋異聞.卷三,花人形 / 醉琉璃 著.
——初版. ——台北市：魔豆文化出版：蓋亞文化發行，2016.12
面； 公分.（Fresh；FS125）
ISBN 978-986-93617-7-4（平裝）
857.7 105022854

fresh FS125

春秋異聞 卷三 花人形

作者 / 醉琉璃
插畫 / 夜風 封面設計 / 克里斯
出版社 / 魔豆文化有限公司
地址◎ 台北市103赤峰街41巷7號1樓
電話◎（02）25585438 傳眞◎（02）25585439
部落格◎ gaeabooks.pixnet.net/blog
臉書◎ www.facebook.com/Gaeabooks
電子信箱◎ gaea@gaeabooks.com.tw
投稿信箱◎ editor@gaeabooks.com.tw
郵撥帳號◎ 19769541 戶名：蓋亞文化有限公司
發行 / 蓋亞文化有限公司
法律顧問 / 宇達經貿法律事務所
總經銷 / 聯合發行股份有限公司
地址◎ 新北市新店區寶橋路二三五巷六弄六號二樓
電話◎（02）29178022 傳眞◎（02）29156275
港澳地區 / 一代匯集
地址◎ 九龍旺角塘尾道64號龍駒企業大廈10樓B&D室
電話◎（852）2783-8102 傳眞◎（852）2396-0050
初版一刷 / 2016年12月
定價 / 新台幣 220 元
Printed in Taiwan

ISBN / 978-986-93617-7-4

FS125

春秋異聞

卷三 花人形

魔豆文化　讀者迴響

感謝您在茫茫書海中選擇了魔豆，您的支持是我們最大的動力。
不要缺席喔，讓我們一起乘著夢想的羽翼，穿越時空遨遊天地！

姓名：　　　　性別：□男□女　　出生日期：　年　月　日
聯絡電話：　　　　手機：
學歷：□小學□國中□高中□大學□研究所　　職業：
E-mail：　　　　（請正確填寫）
通訊地址：□□□
本書購自：　　　縣市　　　　書店
何處得知本書消息：□逛書店□親友推薦□DM廣告□網路□雜誌報導
是否購買過魔豆其他書籍：□是，書名：　　　　□否，首次購買
購買本書的動機是：□封面很吸引人□書名取得很讚□喜歡作者□價格便宜□其他
是否參加過魔豆所舉辦的活動： □有，參加過　　場　　□無，因爲
喜歡出版社製作什麼樣的贈品： □書卡□文具用品□衣服□作者簽名□海報□無所謂□其他：
您對本書的意見： ◎內容／□滿意□尚可□待改進　◎編輯／□滿意□尚可□待改進 ◎封面設計／□滿意□尚可□待改進　◎定價／□滿意□尚可□待改進
推薦好友，讓他們一起分享出版訊息，享有購書優惠 1.姓名：　　　e-mail： 2.姓名：　　　e-mail：
其他建議：

廣告回信　郵資免付
台北郵局登記證
台北廣字第675號

魔豆文化有限公司　收

103 台北市赤峰街41巷7號1樓

魔豆

魔豆